集英社オレンジ文庫

桜守兄弟封印ノート

〜あやかし筋の双子《ジェミニ》〜

赤城　毅

本書は書き下ろしです。

［目次］

【登場人物紹介】

桜守《さくらもり》光也《みつや》

この春私立星洋院大学に入学したばかりの学生。音也とは一卵性の双子で、光也が兄。容貌も体形もモデル並みの美少年だが、言動が外見を裏切ることが多い。

桜守《さくらもり》音也《おとや》

光也の双子の弟。同じく星洋院大学に入学したばかり。良く言えば行動派、悪く言えばがさつな光也と違い、頭脳派で言葉遣いや所作も上品な、文句なしの美少年。

栃内《とちない》智佳《ちか》

星洋院大学大学院東西文化コースの修士課程一年生。桜守兄弟の幼なじみ。双子の秘密を知っているがゆえに、強引なほどのやり方で、岸田教授に引き合わせる。

岸田《きしだ》有情《うじょう》

智佳の指導教授。怪奇現象を、民俗学、歴史学、人文地理学、物理学、化学といった諸学の知見を動員して解明しようとしている、星洋院大学でいちばんの変人。

赤城 毅
AKAGI Tsuyoshi

桜守兄弟封印ノート

～あやかし筋の双子《ジェミニ》～

The Sealed Notebooks of Sakuramori Brothers

集英社オレンジ文庫

第一話

降りてきたのは誰か？

1

星洋院《せいよういん》大学は、戦前、すでに旧制では珍しい私立高校として開学していたのが、戦後の学制改革で大学になったというのだから、由緒《ゆいしょ》正しい名門といえる。

偏差値でみれば上の下、まずは一流大学の部類に入るが、そうした中流層の子弟が通う私立校としての長い歴史があるせいか、どこか、おっとりした気風のある大学だ。

ただ、古い大学のわりには、キャンパスは今ふうで、ふぜいがない。それもしかたないことで、三年前に高尾山《たかおさん》近くにあった旧敷地から、東京都葛飾《かつしか》区に移転してきたのである。

かつての高尾《たかお》キャンパスには、ツタのからまるレンガづくりの校舎とか、評価される建築物もあった。が、現在は、鉄筋コンクリートの、機能的ではあるものの、見ていてあまり楽しくない建物ばかりだ。

学生の憩《いこ》いの場、カフェテリアも例外ではなかった。

温室のような、ガラスを多用したつくりで、人目を惹《ひ》くが、居心地はあまりよろしくない。

とはいえ、何といっても安いから、星洋院大学の学生たちは、つい、ここに集まってしまう。

だが、この四月からは、もう一つ、ひとがやってくる理由が増えていた。

今日もまた、カフェテリアのそこかしこに座った学生、それも、もっぱら女子学生たちがささやきかわしている。

「来るかな。ね？」

「きっと来るよ」

「来てほしいね」

そうした、さざ波のようなざわめきが、ひときわ高まった。

出入り口の、開け放たれたガラス戸のあいだから、長身の青年が現れたのである。

いや、青年というよりも、少年期の終わりにあるというぐらいに形容したほうが適切かもしれない。華奢《きゃしゃ》な身体《からだ》つき、とりわけ、頸《くび》の細さが初々《ういうい》しく、純粋な印象を与えてくるのだ。

また、大きな黒い瞳や細いおとがいも中性的で、天使を描いた絵を思わせるものがあった。かたちのよい眉、ギリシア的な鼻も眼を惹く。

これだけ整った容貌《ようぼう》だと、普通は自己愛のにおいがして、どこか軽薄な色を帯びかねない。しかし、彼は、品の良さという薄衣《うすごろも》をまとっていて、そんな感想を許さないのだった。

ただし、この「少年」だけだったら、カフェテリア中の注目を集めるほどのことはなかったかもしれない。

その後ろに、もう一人の彼が続いていた。

長身痩軀《そうく》であることも、やや皮肉な感じの薄い唇も、先に立った彼とうり二つで、鏡に映したようだ。さらさらした髪を、長めに伸ばしているところも同じだった。

双子《ジェミニ》、なのである。

だが、こんなにも美少年ぶりのきわだった双生児は、めったにいるものではない。

服装は、淡いグリーンのボタンダウンに細身のジーンズ、それに春物のカーディガン——前の一人が鮮やかな緋色《ひいろ》、後ろが濃紺《のうこん》と、色ちがいにしていた——をひっかけただけの、飾り気のないものだけれど、容貌がずばぬけているために、かえって目立つのだった。

こういう二人が来たのだから、カフェテリアの女子学生たちとしてもぜひとも劇的な会話を期待したいところだ。が、つぎの瞬間、緋色のカーディガンが肩越しに発した言葉は、生活臭にみちみちたものだった。

「音《おと》ちゃん、オレ、今日はカツ丼にする。腹減っちゃった」

美少年にふさわしからぬせりふに、やはり索漠《さくばく》たる答えが返ってきた。

「でも、食べ過ぎると、午後の講義で居眠りしちゃうよ、光《み》っちゃん。ぼくは、ラーメンぐらいにしておこう」

上等の銀の鈴を鳴らすような、耳にここちよい響きの声で、あまりにも外見との格差が大きい会話がなされた。

あちこちで、女子学生がため息をつく。むろん、もう少しロマンチックなことをしゃべってくれないかなあという失望の表明である。

が、二人は、まわりの反応など意に介することなく、セルフサービスのカウンターでそれぞれ注文した品を受け取ると、空いているテーブルに座った。

四月の新学期開始以来、星洋院大学の話題をさらっている二人——桜守《さくらもり》兄弟のランチである。

緋色のカーディガンで、どことなく利かん気そうな趣《おもむき》があるのが、桜守光也《みつや》。

濃紺のカーディガンで、よくよく見ると、ほんの少しだけ思慮深げに感じられるのが、桜守音也《おとや》。

互いに、音ちゃん、光っちゃんと呼び合う、仲良しの兄弟だった。ほぼ同時に生まれてきたのだから、どちらが上ということもないだろうが、一応、世の中に出てきた順番に従い、光也が兄、音也が弟とされている。

この二人、女子学生が注いでくるうっとりとした視線を無視して、食事をはじめた。

こうしてみると、双子でも性格のちがいはあるようで、それが食べ方に出ている。

寸分たがわぬ顔立ちをしていながら、嬉《うれ》しそうにカツ丼を頬張《ほおば》る光也と、優雅に、と形容できるぐらいに、綺麗《きれい》な仕草で麵《めん》をすすっている音也とでは、あきらかに個性が異なっているのだ。

いつもなら、このまま、女子学生のため息に包まれながらの、平穏なランチタイムが続くはずだった。

だが、今日は、ようすがちがう。

先ほどから、思いつめたような顔で、カフェテリアの隅《すみ》から桜守兄弟を見つめていた女子学生が、つかつかと二人のテーブルに歩み寄ってきたのである。意を決して、といった表現を使ってもさしつかえない勢いだった。

見れば、リボンで後ろにまとめた黒髪と、真っ白な肌が印象的な、なかなかの美少女である。

「桜守くん……あのう、光也くんに音也くん！」

「ほえ？」

「はい？」

それぞれに返事をした双子はまた、おのおの対照的なやり方で箸《はし》を置いた。

光也は、もう一口ごはんをかきこんだあとに、右手で箸を置きながら、左手で湯呑《ゆの》みをあおるというあわただしさで。

音也は、両手を使ってそろえてから、きちんとお盆の上に——。

二人のちがいに、女子学生は眼を丸くしていたが、すぐに頬を赤くして、用件を告げた。

「私、経済学部三年の谷村《たにむら》といいます。ジャズダンス部の部長をつとめてるんですけど……単刀直入にお願いするわ。うちの部に入ってくれないかな?」

光也と音也が答える前に、前後左右からブーイングの声が上がった。なかには、「ずるい、抜け駆けよ!」と、露骨に非難する者もいる。

そうした反応だけで、事情がのみこめるというものだった。

これだけ目立つ容姿の二人を獲得すれば、彼らに惹かれての部員の増加、ひいては部費の増額は間違いない。

よって、どこのクラブも桜守兄弟を狙ってはいるものの、お互いに牽制《けんせい》しあって手が出せないでいるところを、ジャズダンス部がだしぬいたということらしい。

しかし、谷村部長は少しもひるまなかった。

「おほん!」

聞こえよがしに、わざとらしい咳《せき》ばらいをしてから、気の弱い人間ならたじろぐような視線をめぐらせて、周囲を黙らせる。

ついで、表情を一変させると、桜守兄弟に微笑《ほほえ》みかけた。

「お願い。双子のお二人が舞台に立てば、きっと映《は》えると思うの」

「そう言われましても、ぼく、運動神経には自信がないし」

取り澄ました口調で、音也が応じた。

かたわらで、光也が、くすっと笑う。

真っ赤な嘘《うそ》である。

とくに運動部に入ったり、スポーツをやったりはしていないが、音也の敏捷《びんしょう》さについては、双子の兄たる光也はよく知っている。

「オレは、やってもいいかな。ジャズダンスなんて、ちょっといい感じだよね」

光也が、とりなすように言った。こちらは、きれいな上級生に声をかけられて、まんざらでもないとみえる。

とたんに、谷村が顔を輝かせた。

「ぜひ入部して。今から練習すれば、学園祭のころにはメインを張れるかも」

「あ、それ。それが問題です」

「なに？　何が問題なの」

オウム返しに尋ねてきた谷村に、光也が首を振り、呆《あき》れた返答をよこしてきた。

「身体を動かせば、腹が減るじゃない？　音ちゃんはともかく、オレはエンゲル係数が高くて、いつもひもじい思いしてるんですよ」

あまりにも色気のない答えに、谷村が絶句する。

さらに殺風景なのは、光也が大まじめで、ただ今のせりふは、どうやら冗談ではなさそうなことだった。

「どこか、豊かな食生活を保証してくれる部活動があったら、明日からでも……」

光也が軽口を叩《たた》きかけて、途中でやめた。

眼が大きく見開かれる。

横で、音也が居住まいを正していた。

何ごとかと、カフェテリアの学生たちが、二人のまなざしの先を追う。

そこにいたのは、細おもての顔に、鋭角的なボブカットに仕上げた髪型がよく似合う女性だった。

眼もとが、ちょっとネコのそれを連想させることもあって、きつい容姿といえなくもないが、オーバルタイプ、レンズ部分が楕円形《だえんけい》のめがねが印象をやわらげていた。

歳《とし》は二十代なかばほど、実験用の白衣をまとっている。

彼女が、パンプスのかかとを鳴らして、つかつかと歩み寄ってくるとともに、光也も背筋を伸ばした。

「すみません、あなたは……」

勧誘をさえぎられそうになった谷村が抗議しかけたけれど、白衣の女性の言葉で口を閉ざすはめになった。

「ごめんね。でも、わたし、先約があるの。光《みつ》くん、音《おと》くんに」

柔らかい声であるのに、有無をいわせぬ響きを帯びていた。谷村も、圧倒されて、ひっこむしかない。

彼女には気の毒ながら、もはや光也も音也も谷村どころではなく、あらたに登場した女性をひたすら見つめている。

しかし、うわさの的である桜守兄弟を、「光くん」「音くん」呼ばわりする、この女性は何者か。

誰もが注視し、耳をそばだてるなか、光也がおそるおそるといったふうに聞いた。

「智佳《ちか》ねェ、あの、オレたちに何か……」

「今日の昼休み、空けといてねって言ったでしょ」

「智佳ねェ」と呼ばれた女性は、にこっと笑って、光也の問いかけをさえぎった。

ついで、音也が「どうして、ここにいるってわかったの」と質問すると、肩をすくめてみせる。

「お昼は、いつもカフェテリアだって、音くんが言ってたじゃない。……さあ！」

智佳は、にっこりと笑ってみせた。

いきいきとした魅力的な笑顔だけれど、強烈な意志を伝えてくる。

「わたしと一緒に来るのよ」

「来るのよ、って、どこへ」

遠慮がちに尋ねた光也に、智佳は、両手を腰にあてて告げた。

「光栄に思いなさい。岸田有情《きしだうじよう》先生に引きあわせてあげる」

これを耳にするや、光也が呻《うめ》いた。最後のほうで、あの変人教授か、と呟《つぶや》いたようでもあったが、はっきりと聞き取れないぐらいの声だった。

一方、音也も顔をくもらせたものの、こちらは、遠慮がちに言い返す。

「でも、智佳ねェ、ぼくたち、まだ食事中で……」

弱々しい抗議は、そくざに一蹴《いっしゅう》された。

「だから、あらかじめ約束しておいたのに。午後イチの講義はあるの？」

「はい？　あ、ぼくも光っちゃんも空いてるけど」

「よろしい」

智佳は一つうなずくと、壁に掛けられた大時計に眼をやった。

「一分あげるわ。お昼を済ましてしまいなさいな」

「え？」

やや間抜けな声をあげた光也に、追い打ちをかける。

「ほら、あと五十八秒よ」

有無を言わせぬその調子に、光也と音也は顔を見合わせ——それぞれの料理を猛然とかきこみはじめた。

2

「岸田有情教授」のネームプレートがかかった研究室のドアを、智佳がノックした。

後ろで、桜守兄弟が、小声でささやきかわしている。

（ほら、音ちゃん。やっぱり「無情センセ」だよ）

（困ったね、光っちゃん。星洋院大学でいちばんの変人が何の用だろう）

戦々恐々《せんせんきょうきょう》としているふぜいの二人を、目配せ一つで黙らせた智佳は、中から「お入り」

の声が返ってくるのを待って、ドアを開く。

なんだか、カビくさい部屋だった。

窓がある面以外のすべての壁に、本棚が据え付けられて、そこに書物がぎっしりと詰まっている。それだけでは足りずに、床にも積み上げてあった。

その大半が和漢洋の古書だから、室内に、古本屋さんと同質のにおいがこもっているのである。

おまけに、本だけではなく、アルコールランプやフラスコ、試験管といった化学実験の道具や、えたいのしれない動物の骨格標本も、左手の書棚の前に置かれた作業机の上に並んでいた。

おかげで、本来、十五メートル四方ぐらいはあると思われる広い研究室なのに、ずいぶん狭く感じられる。

また、支離滅裂《しりめつれつ》としか言いようのない、さまざまな品を見ているだけでは、何の研究をやっているのか、見当もつかなかった。

「よく来てくれた」

異様なありさまに立ちすくんでいた桜守兄弟に、窓際の執務机――そこにも本が積まれていることはいうまでもない――の向こうから、この部屋のあるじが声をかけてきた。

岸田有情教授である。

意外にも、と評しては失礼になるかもしれないが、端正な身なりの紳士だった。

年齢は四十代なかばぐらいだろうか、瘦《や》せた身体に、仕立ても生地も上等とみえる三つ揃いのスーツを着込んでいて、髪も一筋の乱れもなく整えている。面差《おもざ》しもノーブルで、上品な雰囲気《ふんいき》をただよわせているのだ。

ただし、顔色が異様に悪い。この世のひとではないのかも、と、あらぬ妄想をかきたてるような青白さだった。

光也が、声を抑えてのこととはいえ、「ドラキュラ伯爵《はくしやく》だ」とひとりごちてしまったのも無理はない。すぐに音也が、「しっ！」と注意して、黙らせたのは適切だった。

——岸田教授は、星洋院大学で特殊な勢威を誇っており、ご機嫌《きげん》をそこねると大変なことになるから、気をつけろ。

入学以来、知り合った先輩から異口同音に忠告されたことだった。

そもそも、教授は、星洋院大学創立者の曾孫《ひまご》なのである。そういう特権的な地位にいるのだから、おとなしくしていれば、おのずから尊重され、大事にされるはずだが、岸田有情は、そんなタマではなかった。

怪奇現象を、民俗学、歴史学、人文地理学、物理学、化学といった諸学の知見を動員して解明すると称して、通常の学問のあり方を無視した研究に励んだのだ。一種のはぐれ者として、学界を追放されたとしてもいたしかたない行動である。

　かてて加えて、大学経営などには毛ほどの関心もないから、教授会などの会議をすっぽかすこともしばしばだし、興味をひくことがあれば、講義を休講にして飛びだしていってしまう。

　それゆえ、星洋院大学の経営陣や主流派の教授連からは忌《い》み嫌《きら》われているのだが、創立者の曾孫を放りだすわけにもいかない。おまけに、岸田教授には気前がいいところがあって、先祖代々の資産を処分して、ぽんと大学に寄付したりもするものだから、いよいよ誰も手が出せないのだった。

　もっとも、その反面、学問には厳しく、水準以上の答案を書けない学生には、絶対に単位を出さない。よって、ついたあだ名が有情先生ならぬ「無情センセ」である……。

　入学から一週間ほどしか経《た》っていないというのに、桜守兄弟も、これぐらいの評判は聞き及んでいる。

　良かれ悪《あ》しかれ、岸田有情教授は有名人なのだった。

「かけたまえ。突っ立っていられては、話もできない」

　岸田に勧められて、光也と音也は、部屋の中央に据えられたソファに座った。

良い品であるのは、二人にもわかるけれど、相当の年代物で、スプリングが飛びだすのではないかとひやひやさせられる。

「先生のご要望通りに、連れてきました。星洋院大学文学部一年生にして、わたしの幼なじみの桜守光也くんと音也くんです」

「ちぇっ、智佳ねェったら、大人ぶっちゃって」

光也が呟く。

聞こえないように、口の中で言ったつもりだったらしいが、智佳は耳ざとく聞きとがめ、キッとにらみつけた。

首をすくめた光也の肩を、ぽんと叩いてから、音也が尋ねた。

「何のご用でしょう。ぼくたち新入生で、やっと学校に慣れてきたというところなんです。正直なところ、先生に呼び出される理由が思いつかないのですが」

「そう警戒することはない」

ゆうぜんと応じた岸田教授は、机の上にひじをつき、両手の指を組み合わせた。

奇妙な微笑を浮かべる。

光也はごくりとのどを鳴らし、音也は眉をひそめた。

それぐらい、岸田の笑みは、癖《くせ》のあるもので、見るものをぞくりとさせずにはおかなかったのだ。

「君たちには、視《み》えるのだろう？」

　単刀直入に切り出された問いかけに、桜守兄弟は、身を硬くした。ただ、音也のほうは、一瞬のちに表情をぼかして、当惑したふうに言う。

「おっしゃることが理解できません。いったい、何が視えると……」

「妖怪、幽霊、おばけ。呼び名はいろいろあるが、要するに、この世ならぬものだよ」

　ごまかしても無駄だとばかりに、岸田が、ぴしゃりと断じた。続く言葉に、音也も絶句する。

「君たち、桜守家の人間はあやかし筋とされ、先祖代々、もののけを視る力、それをしりぞける力を受け継いできた。そうだね？」

　一拍置いて、光也が叫んだ。

「智佳ねェ、しゃべっちゃったんだな！」

　光也の精一杯の抗議だったけれど、智佳の表情が陰翳《いんえい》を帯びたのを見て、追及の勢いが止まる。

「心配……なんだよね」

ややあって、智佳が口を開く。

先ほどまでの威勢の良さはどこへやら、消え入るような声だった。

「光くん、音くんは、どうなるかわからないから」

謎めいた言葉を洩《も》らした。

ただ、桜守兄弟は、その意味を理解しているらしく、二人とも神妙な顔になる。

「君たちしだいだけれども、とにかく一度相談に乗ってもらったらと思っていたのよ」

しんみりとした口調に、光也と音也は、いよいよ身を縮めた。

そう、なのである。

智佳ねェこと、栃内《とちない》智佳は、星洋院大学大学院東西文化コースの修士課程一年生、その指導教授こそ、岸田有情なのだ。

最初、光也と音也は、星洋院大学進学が決まったというのに、智佳が事前に岸田教授について教えてくれなかったことを、いぶかしく思っていた。

あれだけ学内に広まっていることを、弟子《でし》にあたる智佳が知らないはずはないのに、彼女が岸田について語る話は、称賛一色に染め上げられていたのだ。

だが、こうして実際に岸田を交えて話してみると、実感としてわかる。

けっして愚《おろ》かではない、それどころか聡明といってよい女性でありながら、智佳は、いかなる悪魔のはからいによってか、変人岸田教授を心から尊敬しているのだった。

「岸田先生は、ノーベル超心理学賞なんてものがあれば、受賞間違いなしの碩学《せきがく》です。光くん音くんがこれから人生を送っていく上で、お知恵を借りられればいいと……」

「ノーベル賞？　イグノーベル賞の間違いじゃ……」

「ナニ？　何よ！」

「いえ、なんでもありません」

失言した光也が、智佳ににらみつけられるのをよそに、音也が天井をあおいだ。

「……栃内くんを責めることはない。彼女は、私の学生だが、自分からご注進におよんだわけではないさ」

智佳と桜守兄弟が、一通り掛け合いを終えたとみたか、岸田教授が割って入ってきた。

「入学式の直後だったか」

何もかも見透かしている。

そんなことを思ってしまうような、薄気味悪い目つきで、光也と音也を交互に見やる。

「校門の桜並木、あのどれかの木の下のことだった。君たちの一人、たぶん音也くんが何もない空間を指さしていたな。ついで、もう一人、きっと光也くんが飛びだしていって、何かをつぶすようなしぐさをした」

岸田の指摘に、桜守兄弟は同時に顔をしかめた。

たいした力はなさそうだったが、ひとに取《と》り憑《つ》いて悪さをしたがっている浮遊霊を見つけて、浄化してやったことが、たしかにあった。

しかし、よりによって、この教授に目撃されてしまうなんて！

光也と音也が、期せずして同じことを考えたところで、岸田が言葉を重ねた。

「凡人にはわからない。しかし、超心理学、民俗学、歴史学、物理学、化学、果ては哲学までも修《おさ》めた私には一目瞭然《いちもくりょうぜん》だ。君たちは、何かよからぬものを退治したにちがいない」

しだいに興奮してきたのか、握ったこぶしを、ぶんぶんと振り回す。

「十代のころに、オカルト研究を志《こころざ》して以来三十余年、かかる千載一遇《せんざいいちぐう》の機会にめぐりあったことはないぞ！」

冷静さが吹き飛んで、声が高くなった。

桜守兄弟が顔を見合わせる。

そのしぐさで、大人げないところを見せてしまったことに気づいたのか、教授は、一つ咳ばらいをした。

とたんに、澄ました表情が戻ってくる。

かなり、振幅の激しい性格らしい。

「ああ、おほん。つまり、インスピレーションというやつが、私に訪れたのだと思ってくれたまえ」

ここで、岸田はもう一度笑った。

学者というより、黒魔術師を連想させる微笑である。

「君たちのことを、いろいろと調べさせてもらった。その過程で、幼いころから栃内くんと親しいことも知ったのだ。天の配剤というほかない」

立て板に水とばかりにまくしたてる教授を、音也が遠慮がちにさえぎった。

「お待ちください、先生。ぼくたちの素性を見抜かれたことはわかりました。だったら、もう隠しだてはしませんが」

岸田がどこまで知っているのかを探るように、慎重に切りだしてから、大きくかぶりを振った。

「ぼくたち、この能力があるからといって、いい思いばかりをしてきたわけじゃないんです」

幼いころからのことが、音也の頭をよぎった。

生まれ育った信州のいなかでは、昔ほどではないにせよ、あやかし筋のものはいまだに、尊敬されるのと同じぐらい、気味悪がられている。

あやかし筋の家のご先祖さまには、人間になりすまして婿入《むこい》りしてきた妖怪がいる。だから、その子孫も不思議な力を授かっているというのが、村に伝わる伝承だ。

……いや、単なる言い伝えではない。

現実に、音也は、常人の眼には見えない奇怪なものが視えるし、光也は、それらを退治、もしくは浄化して、現世《うつしよ》ならざる、彼らが本来いるべき場所に戻す能力を持っている。

それゆえ、二人は、そうしたあやかしがらみのことがあると、駆り出されて、解決にあたり、村のひとたちから、おおいに感謝されてきた。

ただし——普通ではない力を持っているものは、敬《けい》して遠ざけられるもの。

自分たちの姿を眼にした子供がおびえて逃げ出したり、何か、ひそひそ話していた村人が急に黙り込んだりということを、桜守兄弟は何度となく経験している。

高校に通うころになっても、二人の素性を知るクラスメートがいたから、それに類したことが多々あった。

そこで、光也と音也は、大学進学を機に東京に出ることを幸いとして、この能力を隠し通すと決めたのだ。

しかも——あやかし筋に生まれたものの宿命は、ほかにもある。

音也は、やや暗い表情を浮かべたが、かぶりを振って、また話しはじめた。

「東京には、こういったことに飛びついて、興味本位に取り上げるマスコミが少なくないと聞きます。そこまでいかなくても、霊を視ることができると知られたら、おかしなオカルトおたくはともかく、まっとうなひとは友達になってくれないでしょう。ですから、あやかし筋のことは秘密にしていたいのです」

自分たちの心情を説明する、音也の落ち着いた声に、光也の憤りをこめた叫びが重なった。

「そうだよ！　だのに、智佳ねェったら、いくら尊敬する先生でも、話しちゃうなんてひどいや」

「待ってよ、光くん。だから、理由《わけ》があるって……」

弁解しかけた智佳を、岸田教授が片手を上げて制した。

「栃内くんに責任はないよ。先走るものではない。私だって、教育者のはしくれだ。たとえ、どんなに関心をそそる事例であろうと、当の本人が秘密にしてくれということを暴露したりはしない」

意外に常識的な意見を述べながら、身を乗り出してきた。

「しかし、困っているひとがいて、君たちの力が助けになるとしたら、どうだろう」

教授の言葉を耳にした光也は、隣の音也を、ひじで軽くつついた。むろん、用心しろ、という意味である。

音也も、わかっているよと目配せで応《こた》えてから、岸田に尋ねた。

「どういうことでしょう。お話だけはうかがいます」

「結構だね」と受けた岸田教授は、つぎの瞬間、とほうもないことを口にした。

「幽霊屋敷の真贋《しんがん》をたしかめたいのだ」

3

不動産用語で、「事故物件」というものがある。

居住者が、その場で自殺した、あるいは殺害されたというような、いわゆるわけありの物件だ。

そうした物件を売却したり、賃貸しようと思うなら、所有者や仲介にあたる不動産業者には、事件があったことを入居希望者に告知する義務がある。

もっとも、なかには悪質な業者もいて、リフォームしただけで、知らん顔をして賃貸に提供してしまうこともないわけではないが、これは民法に抵触しかねない。

従って、たいていの不動産業者は、きちんと物件のいわくを説明する。といっても、たいていのお客は、そこでひとが死んだなどと聞かされれば、まず入居しない。

だから、不動産業者もしかたなく賃料を下げて、安さで入居希望者を釣ることが多いのである。

当然のことながら、そんな物件には怪談がつきものだ。

夜中になると、自分しかいないはずなのに、誰かの足音がする。

お祓《はら》いをしてもらい、貼《は》ったお札が、帰宅すると、びりびりに破かれていた。

四階の部屋なのに、窓の外に痩せこけた女が立って、こちらをのぞきこんでくる……。

この種の話は、枚挙《まいきょ》にいとまがない。

ただ、そのほとんどは、あらかじめ人死にがあったと知らされていることによる幻覚、幽霊の正体見たり枯《か》れ尾花《おばな》といったたぐいの見間違いであろう。

が、ごく少数であるが、それだけでは説明がつかない事例があることも否定できない。

「相模原《さがみはら》のはずれにも、そのような評判がついてしまった一軒家がある」

事故物件につきものの怪談について、ざっと説明してから、岸田教授は本題に入った。

「ここには、ある会社の経営者が住んでいた。ところが、事業に失敗して、妻とは離婚、失意のうちに首を吊《つ》ってしまったのだ」

「その社長さんの祟《たた》りでもあるとおっしゃるのですか」

音也が、ややうんざりした表情になって、問いかけた。

光也も、うんうんとうなずく。

桜守兄弟は、世間にはびこっているオカルトめいたうわさには、眉につばを塗って、接することにしている。

逆説的なことだけれど、二人は本物を知っているだけに、そういった話のいかがわしさがよくわかるのだった。

だが、光也と音也の懐疑にもかかわらず、教授は、まったくひるまない。

「まさに、その通り」

岸田が自信たっぷりに言ったことを、智佳が補足した。

「問題の自殺事件が起こったあと、この家を管理する不動産業者は、現場をハウスクリーニングして、また賃貸に出したの。もちろん、事故物件であると承知していても、飛びつかずにはいられないような格安の家賃でね」

智佳の話によると、経営者の死後、今までに入居したものは五人。

みな、好んで事故物件に入居してくるだけあって、幽霊なんか出るものかと公言する、神経の太いひとばかりだったそうだが、一人の例外もなく、一カ月以内に退去したとか。

そのいずれも、自分のものでない影が鏡に映っているのを目撃したり、就寝中に首を絞められたりしたというのである。

きわめつけは、二階にいた住民が、気配を感じて、そちらを見たところ、何もいない空間から、血をしたたらせた白い手首が、ぬっと現れたという証言だった。

なるほど、そんな家では、とても暮らしてはいられないだろう。

居住者の証言が、幻覚や嘘いつわりでないならば、だが――。

「率直に申し上げて、鵜《う》呑《の》みにはできませんね」と、音也が言ったのに続いて、光也も口を開いた。

「ありふれた幽霊談じゃないですか。コンビニに行けば、その手の話を集めた本がたくさん売っていますよ」

二人の反撃を受けても、岸田はいっこうに動じなかった。むしろ、にやにやと薄気味の悪い微笑を浮かべている。

その表情に、やや気圧《けお》されながらも、音也が付け加えた。

「とにかく、そういうことは、心療内科のお医者さまとか、神主さんの領分じゃないでしょうか」

「君の言うことは、もっともだ」

音也の意見を一応容《い》れたかにみえた岸田教授だったが、すぐに別方面のことを切りだしてきた。

「しかし、わがゼミナールのOB、いや、OGが関係しているとなれば、話は別だ」

「OG? すると、ぼくたちの先輩ですか」

「蓮見京子《はすみきょうこ》くんという。在学中から、霊能力があると自称している女性だ。この件を、わが研究室に持ち込んできたのも、彼女だよ」

(音ちゃん、いよいよ怪しくなってきたぜ)

(ほんとだね、光っちゃん)

ほんのわずか、視線を交わしただけで、桜守兄弟は互いの言いたいことを読み取った。仲の良い一卵性双生児ならではのコミュニケーションである。

「蓮見くんは、その相模原の幽霊屋敷のことを聞きつけて、本当かどうかたしかめよう、もし霊が悪さをしているのなら、自分が祓ってやると言いだした。このままでは、せっかくの一軒家も利用できないと嘆いていた不動産業者は、二つ返事で彼女の申し出に乗った」

「だったら、その蓮見さんというひとにお任せすればいいでしょう」

音也がそくざに言った。が、つぎに、光也がうかつに洩らした疑問が、岸田教授につけいる隙《すき》を与えることになる。

「だけど、本当に霊能力者なのかなあ？」

　これを聞いた教授は、満面の笑みを浮かべた。

　音也が軽く舌打ちし、光也は頭を抱えたが、もう遅い。

「そこだよ。蓮見くんは、在学中に、いろいろと不可解な現象を見せてくれた。ただし、科学的に検証させてくれという申し出は、ことごとく拒否されている。実験材料にされるのはごめんだ、という理由でな」

　かぶりを振ってから、先を続ける。

「だったら、私のゼミになど入らなければ、よさそうなものだが、霊能力についての知識は深めたい、けれど、自分が観察対象になるのは嫌だというのが、彼女の言いぐさだったよ」

「まあ、筋が通っていないこともないですね」

　音也が応じた。自分たちだって同じだという皮肉がこめられているのはいうまでもない。だが、本当に気づかなかったのか、故意に無視しているのか、教授は、当てこすりなど、どこ吹く風といったようすで、さらに語った。

「私自身が体験した怪現象は、異様な音だった。ゼミ合宿のときに、蓮見くんは、霊を呼び出したから、ラップ音がするはずだと言いだしたのだよ」

「……鳴ったのですか?」

音也の質問に、岸田はうなずいた。

「いずこからともなく、枯れ木が割れるような響きがした。ただし、それが、霊の立てる音だと信じる理由はどこにもない」

「ニセ霊媒師《れいばいし》がよくやる手だしね」と、智佳が言い添える。

とたんに、パキパキッと大きな響きがして、光也と音也は、ソファから十センチほど跳び上がった。

「こうやるのだ。フォックス姉妹の手口だよ」

教授が、してやったりという、嬉しそうな笑顔を桜守兄弟に向けた。

フォックス姉妹とは、霊と交感できると称して、一大センセーションを巻き起こしたアメリカの霊媒師である。

一八四八年、ニューヨーク州北部の小村ハイズビルに住んでいたフォックス家の娘たちは、屋敷に棲《す》む霊が立てる音によって、それと意思疎通できると主張した。事実、近所のひとびとを交えて開かれた霊との「対話」では、フォックス姉妹の質問に対して、異様な音が響きわたったから、誰もが、これは本物だと信じたのだ。

オカルト史上に名高いハイズビル事件であった。

しかし、姉妹のトリックは、その後暴露されてしまった。

手の指や首の関節を鳴らすのは、そう珍しくない。が、姉妹は練習して、膝《ひざ》や足指の関節を鳴らせるようになっており、その響きが、いわゆるラップ音の正体だったのである。

それだけでも、ひとを驚かせるには充分だが、なるべく足を遠くに投げ出した状態でやれば、まったく別のところから聞こえているように感じられるのだ。

「ほかにも、木造の家などは、湿度の関係で、思いがけない音がすることがある。家鳴《やな》りというやつだ。これを霊のしわざとこじつける輩《やから》も少なくない」

ひとの悪いやり方での説明を終えた岸田教授は、本題に戻る。

「というわけで、蓮見くんに霊能力があるかどうかは、疑問符がつく。その彼女が降霊会をやるというからには、放っておけない」

「降霊会？　また古風なことを……」

音也が呆れる。

降霊会とは、十九世紀後半、欧米のブルジョワ層のあいだで流行したオカルト的な催しである。

霊媒を中心に、参会者がテーブルを囲んで座り、呼び出された霊が、さまざまな怪奇現象を起こすのを見るといった趣向で、シャーロック・ホームズ物語の作者コナン・ドイル

など も夢中になったと言われている。

もっとも、この種の降霊会で展開された、エクトプラズムと称する物質による霊の実体化などの現象は、現在では、ほとんどがトリックによるものだったと暴露されているのだが。

「今回の場合、古風かどうかは問題ではない。重要なのは、蓮見京子くんが不動産業者を巻き込んで、降霊会を実施すると決め、専門家である私に立会人になってほしいと申し入れてきたことだ」

こしゃくな、というように鼻を鳴らしてみせた。

「私が乗り出すからには、すべての謎は解かれたも同然！」

自信まんまんに断言した岸田は、愉《たの》しげに、あるメロディをハミングする。

（音ちゃん、これ……）

（うん、『妖奇大作戦』のテーマだよ）

視線で会話した桜守兄弟は、二人とも肩を落とした。

どうやら岸田教授は、科学の力で怪事件を解決していくという設定の特撮番組のファンらしい。

星洋院大学内で岸田教授といえば、治にいて乱を起こすひとという定評がある。ただ今、かいまみせた素顔から判断すると、その指摘は当たっているようだ。

「というわけで、私としては、なんとしても降霊会に出席し、真実を見いださなくてはならない。本当に霊のしわざなのか、自殺があった場所と知らされているがゆえの幻覚のなせるわざなのか。だが」

教授は、両手を打ち合わせて、ぱちんといい音を響かせた。

「そのためには、真の能力を有するものの助けが欲しい。そう思っていたところに、君たちが現れてくれた」

「わたしは、ほんものではなく、何か思惑がある誰かがたくらんでいるのだと思うわ。あんまり安っぽい怪談だもの。そ・こ・で！」

強調を利かせて、智佳が宣告した。

「光くん音くんには、心おきなく、霊のしわざではないことを証明してほしいの。力を使う必要はないわ……きっと」

「でもぉ」

智佳に押しきられそうになった光也だったが、抑えきれぬ感情があるらしく、ちょっと拗《す》ねたような顔になった。

そのさまを見た智佳は、生《き》まじめな表情になり、光也、ついで音也に、澄んだ視線を注いだ。

居心地が悪くなったらしく、身をすくめた二人に、優しく、しかし、凜《りん》としたものを伝えてくる口調で言う。

「困っているひとがいて、それを救ってあげられるのは自分だけなのに、知らん顔をしているの？　わたしの知っている光くんと音くんは、そんな子じゃなかったよ」

光也と音也のため息がユニゾンになった。

こうなると、もう駄目である。

幼いころから、何かと面倒をみてくれた智佳には頭が上がらない。

おまけに、こういう顔、こういう声で、智佳ねェがものを言うときには、いつだって、彼女のほうが正しいのだ。

それでも、なんとか反論しようと、音也が口を開きかけたが、智佳の追い打ちのほうが早かった。

「音くん。小学校の図書室で、制限以上の本を借り出していたのを、うまくごまかしてあげたのは誰？」

「あ、あ、その……」

眼を白黒させながら、音也は答えた。

「智佳ねェです」

「では、光くん。中学生のとき、理科室から盗み出した薬品で、自己流に火薬を調合して、校庭にクレーターができるような爆発を起こしたよね」

「は、はい」

矛先《ほこさき》が自分に向かってきたと、すくみあがる光也に、智佳がたたみかける。

「あのとき、もう高校に進んでいたわたしまで、母校の中学に呼び出されて、事情を聞かれたわ。わたしが黙秘をつらぬかなければ、キミ、中学生にして放校になるかもしれなかったじゃない」

「はあ、おっしゃる通りです」

光也が、しぶしぶ認めた。

「だったら、わたしのお願い、聞いてくれてもいいんじゃないかな」

ふいに優しい声になって、念を押してきた。

もう、否応《いやおう》なしである。

桜守兄弟は、女王陛下の前に出た下っぱの騎士のごとく、こくこくとうなずくほかなかった。

かたわらの岸田教授が、「実験材料、確保だ」と低い声で呟いたのも、耳に入っていたかどうか。

ともあれ、観念した光也と音也は、教授のほうに向き直った。

「蓮見さんのこと、お人柄とか、もう少し詳しく聞かせてもらえませんか」

申し出を承諾したという意味になるせりふに、岸田教授と智佳が、にんまりと笑った。

4

桜守兄弟が岸田教授の研究室に呼び出されてから、およそ一週間後のこと。

ある水曜日の正午に、星洋院大学のキャンパスに集合した一同は、教授の車に乗って、相模原に向かった。

資産家であると聞いていたので、ＢＭＷとかの高級車に乗ってくるかと思ったら、岸田の愛車は、フランス・シトローエン社の２ＣＶ《ドウシュヴォー》、「あひる」とか「ブリキの缶詰」とか、さまざまなあだ名をつけられている、独特のかたちをした軽自動車だった。

好きなひとには、フランスのエスプリが感じられてたまらないのだそうだが、メンテナンスを怠《おこた》ってはならない上に、輸入代理店が少ないから、部品を押さえておくのが大変なのだという。

敢《あ》えて、そんな車に乗るというのは、これはもう岸田教授の趣味であるとしか考えようがない。

酔興者ぶりの一端が、ここにもあらわれているといえる。

それはともかくとして、ほぼ東京を横断する行程であり、途中で渋滞に遭ったこともあって、相模原に着いたころには、夕方になっていた。

あいにく、厚い雲が垂れ込めだして、今にも一雨降りそうな空もようだ。

空気がじめじめして、気温も高く、もう梅雨《つゆ》に入ったかのような錯覚を覚える。

もっとも、降霊会などという催しをやるには、うってつけの天気かもしれない。

高速を降りたシトローエンの2CVは、相模原の市街を抜けて、八王子《はちおうじ》方面に続く丘陵《きゅうりょう》地帯を昇っていく。ゆるやかなカーブを曲がりきったところで、目的地が見えてきた。

こぢんまりとした二階建ての家である。

明るい緑色に塗った屋根や白壁といい、垣根に囲まれた小さな庭といい、郊外によくある普通の住宅のようで、とても幽霊屋敷とは思えない。

だが、後部座席に座っていた音也は、それを眼にしたとたんに、はっきりわかるほど顔を曇らせた。

バックミラーに映った彼の姿を観察していた岸田教授は、すかさず問いかける。

「何か視えたのかね、音也くん」

音也は、しばらく口ごもっていたが、やがて、ためらいがちに答えた。

「二階の窓から、誰か、こちらをうかがっていたような気がしたのです」

「ほう、ほほう！」

岸田は、複雑な表情を浮かべた。

若干の戦慄《せんりつ》と、それ以上の歓喜とがないまぜになった面持《おもも》ちになっている。

おそらく、音也が視たものは霊だと思い、恐怖と、またとない研究材料を得たかという期待とを、ともに抱いたのであろう。

「降霊会の会場は、問題の会社経営者が首を吊った、一階のリヴィングだ。蓮見くんも、不動産業者も、二階にはいないはずだよ」

「先生、それじゃ……」

助手席の智佳が、顔をこわばらせた。

ちらりと、後部座席の桜守兄弟を見やった彼女は、なぜか、すまなそうな表情になっていた。

ところが、音也は、智佳の反応も知らぬげに、腕を組んで、考え込んでいる。

眉をひそめながら、智佳が尋ねた。

「あの家には、本当に霊が取り憑いているのでしょうか」

「先走りは禁物だよ、栃内くん」

智佳よりも、むしろ自分に言い聞かせるように、岸田が言った。

「蓮見くんか、不動産業者が、われわれがやってこないかと、見通しの利く二階に上がっただけのことかもしれない。さて」

肩越しに、ちらりと視線を投げてから、後部座席の光也に尋ねた。

「君のほうは、何か視えたのだろうか」

「音ちゃんとちがって、オレは、感知するほうの力は強くないんです。魔物をつぶしたり、祓うほうが担当で……でも」

言葉を切った光也が、不機嫌そうに顔をしかめた。

「まったく感じる力がないわけじゃない。いやな気分だ。それは間違いありません」

光也の言うことに満足したのか、教授はかすかな笑みをひらめかせた。一方、智佳の面差しに翳《かげ》りが増す。

が、ついに興味深い事件にぶつかったとでも思っているのか、岸田は、彼女の変化に気づかぬようすで、前方の二階屋に車を走らせていった。

玄関脇に駐車スペースがあり、ミニワゴンが停《と》まっている。不動産業者が、蓮見京子を乗せてきたのだろう。

その横に2CVをつけて、一同が降り立ったとき、玄関のドアが開いて、中年の小男が出てきた。

ずいぶん貧相な人物だ。

禿《は》げた頭に、残った毛髪をなでつけて、量販店で買ったものとおぼしきスーツを着込んでいる。それが揉《も》み手《で》をしながら駆け寄ってきた。

「これはこれは、本日はどうも、こんな遠いところまでご足労いただき、有り難うございました。わたくし、当物件を管理しております者でして……おや、こちらのみなさんは、先生のお弟子さんですかな」

小男は、ぺこぺこと頭を下げながら、岸田教授、さらには智佳や桜守兄弟にまで、お愛想を言いながら、名刺を渡してきた。

そこには、安田健夫《やすだたけお》と氏名があり、他に店舗の住所や宅地建物取引業免許の番号などが印刷されている。まずは、普通の名刺である。

安田自身も、駆け引きが重要な商売をやっている人間特有のあくの強さは感じさせるものの、それ以上の裏があるようにはみえなかった。

しかし——。

安田に続いて、ぬっと玄関に現れた女性は、とても平凡とはいえなかった。

音也にだけ聞こえるよう、光也がこっそりささやいたのも、責めるわけにいかない。

(お相撲《すもう》さんだ……)

雄大な、と、形容してもさしつかえないだろう。

日本女性にしては珍しいことに、百八十センチ以上はある長身だ。その背丈に負けず劣《おと》らず、前後左右に、たっぷりと肥えている。

また、髪飾りから何重にもなったネックレス、腕輪と、むやみやたらにアクセサリーをつけているのも目立った。

「ようこそ、先生！　はるばる来ていただいて、京子、感激です」

二重あごの肉を、ぶるぶると震わせながら、岸田の手を取って、上下に振る。そうして、にこやかに笑っているところをみると、案外若い。三十を出るか出ないかぐらいだろう。

ところが、その笑みは、智佳や桜守兄弟に向けられたとたんに、消えてなくなった。

紅《あか》いフレームのフォックス眼鏡越しに、じろりとにらむ。

光也と音也が、思わずあとずさってしまったほど、迫力があった。

「この子たちは何ですか。先生の手下？」

(おいおい、手下呼ばわりかよ)

（我慢だ、光っちゃん）

例によって、視線で会話を交わした桜守兄弟をよそに、その女性は、岸田教授に言いつのった。

「こんなのが来るとは聞いていません。怪しげな方には、遠慮してほしいわ。今夜の降霊会は、ゲンシュクなものですよ」

鼻の穴をふくらませて迫ってくる女性に、さすがの岸田も閉口したようすで、まあまあと両手で制した。

「こちらの女性は、修士課程にいる栃内智佳くん。そこの双子は、桜守光也くんと音也くん。みんな、星洋院の学生だよ。神秘的な体験をする、めったにない機会だと思って、助手代わりに連れてきた」

「あら、そんなこと聞いてません」

不服そうに、光也たちを見やった女性の、切れ長の眼が見開かれた。

智佳はともかくとして、桜守兄弟がなかなかうるわしい男子であることに気づいたらしい。

「ふーん、可愛《かわい》い子だこと」

人を人とも思わないとでもいうべきか、肥満した女性は、じろじろと桜守兄弟を見つめ、品定めした。

「よいわ。特別のお慈悲で、あんたたちも降霊会に参加させてあげる」

真っ赤な口紅を塗った唇の両端を上げると、彼女は高らかに言った。

「あたし、蓮見京子が、選ばれたものだけに与えられた力を使って、地縛霊《じばくれい》を呼び出すさまを、しっかり見ていくといいわ」

この宣言を聞いて、光也と音也は頬をひきつらせた。

（光っちゃん、蓮見京子って……）

（うん、オレたちの目の前にいる、ケバケバしいおでぶさんらしいよ）

声に出さずに言い交わしたあとで、二人は同時に肩を落とす。

そのおかしさに、こらえきれなくなった智佳が、くすりと笑った。

5

安田の案内で、みな家のなかに招じ入れられた。

前の住人が引きはらってしまったあとだから、家具のたぐいが一つもなく、がらんとしている。実際以上に広く感じられた。

電気も止めてあるのか、薄暗い。

だが、安田がすぐに大型の懐中電灯を点《つ》けて、廊下を照らしだした。

正面に、二階に通じる階段がのびている。

「段差があるので、お気をつけて。会場のリヴィングは、右手のガラス戸の向こうになります」

そう指示されて、岸田教授以下、ぞろぞろと進む。

蓮見だけは、一度下見に来ているとかで、わけしり顔で先頭に立っていた。

十畳《じょう》ほどの広い部屋である。

一方が対面式のキッチンになっていて、普通なら、家族が憩うのにふさわしい雰囲気をかもしだしてくれるのだろうが、幽霊屋敷という触れ込みだから、少しも明るい感じがしない。

中央に円卓が据えられ、ロウソクを挿《さ》した、骨董品《こっとうひん》ふうの燭台《しょくだい》が置かれている。

これだけならば、ムード満点といえる。

しかし、まわりに人数分並べられているのがパイプ椅子《いす》というのが興ざめだった。

「ありあわせの家具を運びこみましたのでね。ちぐはぐだったり、座りごこちが悪いのはご勘弁を」

おおげさに何度も頭を下げながら、安田がパイプ椅子を三脚追加した。

「あたしが、そこに座りましょう」

そう言うやいなや、蓮見が、キッチンを背にした場所を占めた。主催者顔で、矢継ぎ早にさしずする。

「直接の関係者である安田さんが、あたしの左、岸田先生が右よ。残りのあんたたち……ええと、桜守光也くんに音也くんだったわね。君たちと栃内さんは、お向かいに適当に座って」

なんだ、エラソーにと、光也が口をとがらせるのを、音也がなだめて、おとなしく席に収まる。

「まぶしいわ。懐中電灯を消してちょうだい」

蓮見が権高《けんだか》な調子で命じ、丸い光の輪が消える。

とたんに、リヴィングは陰気な印象になった。

同時に、蓮見が、ぶるっと巨体を震わせ、眉間《みけん》にしわを寄せる。

悩めるゾウアザラシといったふぜいだった。

けれども、蓮見は大まじめで、やがて呻くような声を洩らす。

「ああ……感じる。怖いぐらい……う、ううっ」

何度もかぶりを振ってから、かたわらの安田に言った。

「あなたにはお気の毒だけど、やっぱりいるわ。その自殺した社長さんの霊が……。すっごく怨念《おんねん》にみちた波動よ。ここで首を吊ったのね」

これを聞いた安田は真っ青になった。

当然だろう。幽霊に接するかもしれないというだけでも、ぞっとしないのに、それが悪さをするとあっては、この、なかなか瀟洒《しょうしゃ》な一軒家も賃貸に出せなくなってしまうのである。

また、このリヴィングが降霊会の場に選ばれたのも、単に広いからだけでなく、経営者の自死の現場であるとの理由かららしい。

一方、岸田は、蓮見の断定を聞くや、桜守兄弟にもの問いたげな視線を向けてきた。

もちろん、本当のところはどうなのか、という意味だ。

ところが、光也も音也も顔色が悪くなっていて、顔をしかめている。

ひょっとしたら――霊を感じているのか？

桜守兄弟のようすがおかしいのに気づいた智佳が心配そうに二人を見やったとき、蓮見が声をあげた。

野太い、といいたくなるような、一種どすの利いた調子である。

「でも、あたし、やってみるわ。安田さん、きっと、この悪霊を祓ってあげる」

自信たっぷりに告げた蓮見は、太い人差し指でロウソクを軽く叩いた。その意を受けて、安田が百円ライターで火を点ける。

オレンジ色の光芒《こうぼう》が広がり、ほんの少しだけ、おだやかな空気になった。

「完全に日が落ちてから、降霊会をはじめましょう。そのほうが、彼を呼び出しやすいし……」

蓮見の呟きの後半は、ざあっという音にまぎれて、聞き取れなかった。

到着したときには、すでに空は真っ暗になっていたが、とうとう降りだしたのである。

庭に面したガラスサッシを洗い流すかのような驟雨《しゅうう》だ。

蓮見が、細く整えた眉を寄せたのが、眼についた。

それから小一時間ほど、全員が一言も発しないまま、降霊会のはじまりを待った。

雨だけでなく、稲妻も走りだす。

そのたびに、くっきりとした陰翳にふちどられた蓮見の顔が浮かびあがり、いやが上にも、奇怪な事態が起こるのではないかとの期待、もしくは不安を高めていく。

ややあって、ひときわ大きな雷鳴がとどろくと、蓮見はようやく口を開いた。

「はじめましょう……自分の右手と左隣のひとの左手、それから右隣のひとの右手と自分の左手をつないで」

腕を交差させるようにして、手をつなぐように指示した。

降霊会の決まりごとで、参加者のなかに霊媒の仲間がいて小細工をしかけるのを封じるため、両手を使えないようにする意味がある。

「よろしいですか。では、霊を召喚《しょうかん》しますよ。お静かに、あたしの集中を乱さないようにしてください」

一同を見まわし、注意してから、蓮見はやや顔を伏せた。

そのまま、何かを祈っているような表情になる。

豪雨《ごうう》の音

響く雷鳴。

閃《ひらめ》く稲光。

異様な雰囲気がただようなか、誰もが待った。

妖異が起こるのを……。

蓮見が、ぐっと眉を寄せた瞬間、それは起こった。

枯れ木を引き裂くような、乾いた音がリヴィングの隅で鳴ったのである。

一つだけではない。

今度は、反対側の壁で、また床のほうからと、つぎつぎに、えたいのしれない響きが生じる。

心霊現象、霊の出現を知らせる怪音響ではないかと思われた。

しかし、岸田が、桜守兄弟と智佳に、目配せで注意する。全員が、蓮見にわからないぐらい、かすかにうなずいた。

岸田教授の研究室に呼ばれた際に、いたずらを交えて説明されたように、この種の音は、練習すれば、足の指の関節を鳴らして、出せるのだ。

今、蓮見の足は、テーブルの下に隠れている。

その位置を変えながら、関節を鳴らしていけば、こうした現象を起こすのは不可能ではない。

天井が高く、家具もないために、よく反響するこのリヴィングだったら、なおさら、たやすいことだ。

だが――つぎの瞬間に生じたことは、関節を鳴らしてのトリックでは、説明がつかなかった。

くぐもった男の唸《うな》り声。

むろん、岸田のものでも、安田のそれでもない。

怒りと悲しみにみちた、第三の男の声が、地の底からわきあがるように響いてきたのである。

「……霊が降りてきました」

抑揚《よくよう》を殺した口調で、蓮見が告げる。

すぐに、唸り声が、意味の取れる言葉に変わった。

「誰だ……お前たちは……私の家に、ずかずかと入り込んできおって……」

「か……柿沼《かきぬま》さん。間違いない、柿沼さんの声だっ」

安田が恐怖の叫びをあげた。

柿沼というのは、たしか、ここで首を吊った経営者である。

不動産を仲介したときに、安田は柿沼と会っているから、彼の声を知っているはず。

その安田が断定したということは、本当に自殺した経営者の霊が出現したのだろうか。

智佳が息を呑み、岸田が身を乗り出す。

霊のものと思われる声は止《や》まなかった。

「許さん……侵入者は殺す……」

安田が、ひいっと悲鳴をあげた。

声が帯びている呪詛《じゅそ》のトーンが、どんどん高まっているのだ。

「殺す……殺してやる……殺す、殺す、殺す！」

恐ろしい殺意の連呼になった瞬間、蓮見がおもむろに口を開いた。

6

「落ち着きなさい、柿沼さん」

光也が、ひゅうと口笛を吹きかけて、途中でやめた。

それぐらい、蓮見の声には威厳がある。意外なことだった。

「お前……私の名を知っているのか？」

「ええ、あたしには、霊が視える。霊を従えることもできるのよ」

蓮見が言い放ったとたんに、耳をつんざく金属音が部屋のあちこちから発せられた。

どうやら、挑発的な言いぐさに怒ったらしい。

まさしく心霊現象、奇怪なありさまで、岸田教授はさすがに落ち着きはらっているけれど、智佳はもう蒼白《そうはく》になっていた。

「思いあがるな。私を従えることなど、できるものか」

嘲笑《ちょうしょう》のこもった声が、天井から響いてくる。

続いて、悪意にみちた哄笑《こうしょう》がわきあがった。

だが、蓮見はひるまず、言い返す。

「落ち着きなさい。あんたは、もう生きてはいない。首を吊って、死んでしまったの」

蓮見が決めつけるとともに、けだものじみた叫びがあがった。

床から聞こえたかと思うと、天井より響き、その源《みなもと》はめまぐるしく変わる。

同時に、蓮見もうつむいて、苦しげなあえぎ声を洩らす。

「……凄《すご》い……こんなに力がある霊は初めて……あたしでも抑えきれないかもしれない……」

ぜいぜいと息を切らしながら、発せられた言葉に、安田が眼を剝《む》く。

「先生、ど、どうにか、お助けを……」

安田の懇願《こんがん》を受けても、教授は眉を寄せるばかりだった。

手の打ちようがないのだとも、あるいは、怪現象を観察し、その真偽をはかっているようにもみえる。

一方、リヴィング中に鳴り渡っていた叫びは、蓮見が弱音を吐くとともに、嬉しげな含み笑いになり、さらに、意味のあるせりふとして聞き取れるようになった。

「わかったか？　女、ここは私の家だ。私だけの住《す》み処《か》なのだ。誰にも渡すものかっ」

声が、たけだけしく断じると、蓮見が、左右の岸田教授や安田とつないでいた手をほどき、両のこめかみにあてた。

「痛い……ひどく痛む……頭が痛い……」

「そうだ、女。お前は、私を祓おうなどと思いあがったことをぬかした罰として、苦しみぬいて死ぬ。お前だけではないぞ。安田も、そこの岸田とかいう教授も……」

禍々《まがまが》しい調子で、名指ししているうちに、声はいっそう甲高《かんだか》くなっていく。

「みんな死んでしまえ。私の安息を乱す者は、すべて地獄に道連れだ」

再び、声が、耳ざわりな笑いに変わる。

ずっと肩で息をするようにしていた蓮見が、のろのろと顔を上げた。

あふれる汗で化粧がくずれ、珍妙なようすになっていたが、場合が場合だから、誰も笑いだすものはいない。

「ごめんなさい……あたしには、とても手に負えない……」

「そ、そんな恐ろしい霊に！」

震えあがった安田は、血相を変えて、蓮見の二の腕をつかんだ。

「お願いだ。祓うことは不可能としても……せめて、殺されないように、この場を収めてください。でないと、生きて出られないことに……」

「やってみるわ……ひとまず、柿沼さんの霊を鎮めて……」

紋りだすようにして、蓮見が応じたのに、光也の、のんびりとした発言——それも、驚くべき発言が重なった。

「ずいぶんお疲れのようだから、オレが代わってあげても、いいですよ。どうってことなさそうだし」

あまりにも、ふてぶてしい言いぐさに、音也以外の誰もが、あっけに取られて、一瞬黙り込んだ。

そのなかで、奇怪な声だけがなお吼《ほ》えている。

「殺してやる、みな殺しだ、ただの一人も、生かして返さない……」

「ああ、うるさい。オウムや九官鳥《きゅうかんちょう》じゃあるまいし。ね、音ちゃん」

「そうだね、光っちゃん。殺すなんて、物騒なこと、ぺらぺらと口にするもんじゃないよ」

顔をしかめた音也は、両隣に座っていた智佳と光也の手を離すと、サマージャケットの内ポケットから、何かを取りだした。

相変わらず、喚《わめ》きちらしている声が響いてくるほうに、それをかざしてみせる。

一見スマホのようにもみえる、小さな金属製の箱だ。

その横についたスイッチに、音也が指をかけると、蓮見が顔色を変えたのが、はっきりとわかった。

彼女が何か言おうとしたのを無視して、スイッチを入れる。

刹那《せつな》のうちに、リヴィングは静まりかえった。

今までの騒ぎが嘘であったかのように、相模原郊外の一軒家に、本来あるべき静寂が戻ってきたのである。

ただし、安堵《あんど》と不審がないまぜになった、必ずしも澄明《ちょうめい》ではない静寂だったが――。

やがて、ため息が一つ。

智佳が、肩を落として、可愛らしい吐息を洩らしたのだ。

それが合図となったか、腕を組んで考え込んでいた岸田教授が、おもむろに尋ねた。

「やはり、トリックだったのかね」

光也と音也は、あたかも息を合わせたかのごとく、同時にうなずいた。とたんに、智佳が顔を輝かせる。

「天井や床、壁や柱に小型のスピーカーを仕込んであるのだと思います。どこか、この付近に、蓮見さんの仲間がひそんでいて、自分の声を電波で飛ばしていたんだ。だから、音ちゃんが、あれを作動させると……」

教授に答えた光也は、音也が握っている機械を、意味ありげに見やった。心得ているとばかりに、音也が説明する。

「これは、携帯電話などの電波を遮断する機械なのです」

そう述べながら、音也は、スイッチを切った。

とたんに、あの声が「殺す、殺す！」と響きだす。が、再び機械を作動させると、それはたちまち消え失せてしまった。

「しかし、電波を遮断するとなれば、おおごとだろう。基地局に妨害電波を放射するのだから、そうした装備を持った航空機を飛ばすか、沿岸に船を……あ、いや！」

自問するかのように、ぶつぶつと呟いていた岸田教授が、ぱんと両手を打ち合わせた。

「おそらく、蓮見くんは市販の機材を使っていると思われるのだから、周波数の見当はつく。携帯電話の普及以来、周波数帯の割り当てはいよいよ限られているのだから、なおさらだ。ならば、そこに雑音を発信したり、コントロール信号を邪魔するぐらいなら簡単なこと。演奏のさまたげにならないよう、コンサートホールに設置されている程度の機械でやれる」

納得したという顔つきになった岸田に、音也がうなずいてみせる。

「曲がピアニッシモになったところで、携帯の呼び出し音が鳴り出す。ぼくも、そんな経験がありますが、たまったものではないですね」

いたずらっぽく、笑ってから、手にした電波妨害機を軽く振った。

「この通り、単純な話なんです。蓮見さんは、自殺した柿沼さんの霊を呼び出すとおっしゃっていましたけど、その正体は生身の人間だったんですよ」

音也が断定したことに、光也が補足を加えた。

「もし、お疑いなら、別室で智佳ねェ……栃内さんに、蓮見さんを身体検査してもらえば、わかるよ。きっと、胸元にピンマイクを隠しているはず」

「そうか、外部の協力者との電波を介したやり取りがちぐはぐにならないようにするためね！」

智佳が膝を叩いた。

「ただし、そのマイク、おそらくは、蓮見さんの声を拾えるぐらいの性能しかなかった。それで、さっきから、理屈に合わないことが起こっていますよね」

今度は、音也が説明を引き継いだ。

ところが、おのれのやったことが暴露されつつあるというのに、蓮見はそっぽを向いている。まったく反省していないようで、ふてくされた態度だった。

どんどん険悪な雰囲気になっていくのを気づかったのか、安田が、ご機嫌を取るような調子で聞く。

「理屈に合わない、というのはどういうことですかな」

「たとえば、さっき、柿沼さんの霊と自称する何者かは、ごていねいなことに、蓮見さんをはじめ、一人一人名指ししていきました。でも、それは、霊を装うには、致命的なミスだったのです。なぜでしょう?」

音也は、肩をすくめた。

「ぼくたち三人が岸田先生に同行することは、事前に知らされていなかったから、『声』役のひとは、このリヴィングに誰がいるのか、わからなかった。それゆえ、蓮見さんは、ぼくたちを席につけるときに、いちいち、誰はどこに座れとさしずした。あれは、『声』に、降霊会に参加しているメンバーを知らせる意味があったのです」

「でも、『声』はへまをした。蓮見さんをはじめ、全員が岸田教授に『先生』としか呼びかけていないのだから、幼稚園から大学まで、どこのレベルの先生か、判然としないはずなのに、『教授』と呼びかけてしまった」

説明を引き継いだ光也が、首を振った。

「語るに落ちる、ってやつですか。あらかじめ、岸田先生が星洋院大学教授だって知らされていた証拠だよね」

「なるほど！　言われてみれば、腑《ふ》に落ちる」

感心した安田だったけれど、すぐに、いぶかしげな表情を浮かべた。

「だが、あれは……柿沼さんの声だったぞ」

「安田さん、あなた、亡くなった柿沼さんと、なんべんぐらい会ったことがあるんですか？　せいぜい三、四回、物件を案内したり、契約を交わしたときぐらいのことじゃない？」

反問してきた光也に、安田が眼を白黒させた。が、やがて、記憶をまさぐっているような顔になる。

「――そう言われると、この家を仲介した際に、何度か会ったきり。それも、数年前のことです」

「自己暗示っていうのかな。柿沼さんの幽霊が出るという先入観があったものだから、声を聞いたとたんに、そう思い込んでしまったんだよ」

光也の指摘に、うーんと唸って、黙り込んでしまった安田と交替するかのように、岸田教授が問いかける。

「たいしたものだ。しかし、疑問が残る。どうして、君たちは、蓮見くんがトリックを仕掛けてくると見抜くことができたのだろう」

　質問を受けた光也と音也は、困ったふうに顔を見合わせていた。けれども、音也が、意を決して答える。

「ぼくたち、最初から蓮見さんを疑っていたんです。きっと、何かをやるだろうって。降霊会なんて現実離れしたことを実現させるぐらいですから、安田さんの信用も得ているのでしょう。だったら、下見と称して、事前にこの家に入って、仕掛けをするのもたやすいはずです」

「案の定《あんじょう》、オレたちが着いたときも、彼女が先頭に立って、案内してくれたものね」

　あいづちを打った光也を、蓮見が物凄い目つきでにらんだ。思わず、ひるんだ光也に、岸田が微笑みながら、尋ねた。

「まだ、わからないことがあるよ。霊が出現したかのごとくに見せかけるトリックは、ほかにもある。映像の投影、足でひもをあやつって人形を動かすとか……。なのに、なぜ、スピーカーやマイクを使うだろうと予測したのかな」

「やまをかけたんですよ」

　こともなげに光也が返してきた答えに、岸田が眼を瞠《みは》る。すかさず、音也が言い添えた。

「いちばんお手軽なやり方ですから。幽霊の姿を投影したり、部屋を揺らしたりするトリックもあるにはありますが、それだと大がかりになりすぎます」

　ちらりと蓮見を見やった。

「さっき、雨が降りだしたときに、あなたは眉をひそめました。あれは、雷雨になると、電波の状態が悪くなって、機械が機能しなくなることを恐れたんじゃないかな」

　蓮見は答えず、不服そうに鼻を鳴らしただけである。

「ふむ、下見と称して、入り込むぐらいの短い時間で仕掛けられる細工を選ぶ。そう考えたのだね。たしかに、他の手を用いるには、ちょっとした工事をやらなくてはいかん。とても隠しておけるものではない」

　納得した、とばかりに、教授が大きくうなずいた。

　しかし――。

「あんたたち、あたしを最初から疑っていたと言ったわね」

　蓮見が、ぎらぎらとした視線を光也と音也へ交互に投げながら、口を開いた。

「なんで、そんな、ひとの悪いことを考えたのよ。ううん、それだけじゃない！」

　握りしめたこぶしをテーブルに叩きつけた。安物で、つくりがやわなのか、ぐらぐらと大きく揺れる。

「あたしに、何のメリットがあるのよ？　幽霊が出ると偽装して、得になることなんかないでしょうに！」

7

ひらきなおったとも取れる蓮見の反撃だったが、桜守兄弟は、まったく動じなかった。

ただ、蓮見を相手にするのがいやなのか、二人は視線で互いに譲り合っていたものの、ややあって、音也が観念したような表情で口火を切った。

「申し上げにくいことですけど、岸田先生からうかがった蓮見さんの言動、それに、さっきからおやりになっていることを見ると、自己承認欲求というか、そのう……」

「自己顕示欲《けんじよく》のかたまり」

断言するのをためらっている音也に焦《じ》れたのか、光也が、辛辣《しんらつ》な寸評を洩らした。ついで、蓮見が、鬼女《きじょ》みたいな目つきでにらみつけてきたのを、あさってのほうを向いて、かわす。

「ええと、まあ、霊能力があるとか、霊が視えるとか、自称するひとって、結構いますよね。そういうの、何か、ほかに他人の注目を浴びることがないために、無意識に主張していることが多くて」

「あたしが、目立ちたくてやってると言いたいワケ？」

とりなし顔で、音也が説明を続けるのを、蓮見がさえぎった。化粧が乱れている上に、顔を真っ赤にしているから、まるでピエロの扮装《ふんそう》をしているようだったが、その迫力のため、ふきだすこともできない。

「だとしても、責められることではありません。怖がることも、人間の楽しみのうちですから、友達のあいだのたわむれで終わっているうちは、何の害もないのです。でも……」

音也は、ふと、うつむいた。まつげが、長く濃い影を頬に落としている。

「それによって、ひとを騙《だま》し、利益を得ようとしているとなれば、話は別です」

「オレたち、わけがあって、そういうたぐいのやつを、うんざりするほど見てきたんだよ」

かたわらの光也が、ぼそりと呟いたことに、蓮見が、とうとう爆発した。

「あんたたち、あたしを詐欺師《さぎし》だと決めつけようっていうの？　ブジョクよ、名誉毀損《めいよきそん》だわ。訴えてやるから！」

智佳や安田はもちろん、岸田教授までも顔をそむけるほどの勢いだったが、光也も音也も落ち着きはらっていた。

相手がなお、ののしり続けるさまを、冷ややかに眺めている。喚きちらすのに疲れた蓮見が、ようやく口を閉ざすのと入れ替わりに、音也が告げた。

「あなたのお父さま、ブローカーをやってますね。わけありの土地や家を購入しては、高値で転売するというやり方のご商売を?」

蓮見が絶句した。

何か、答えようとしているようだったけれど、声にならない。

しばらくして、やっとのことで絞りだした言葉は、音也の指摘を認めたにひとしい反問になっていた。

「あんた……どこでそれを……」

「岸田先生に、ゼミのOB名簿を見せてもらったから、蓮見さんの住所はわかった。それを糸口にして、ご実家にたどりつき、近所の評判を聞いてまわったんです」

音也が答えるよりも先に、光也が種を明かす。続いて、うんざりしたという顔で付け加えた。

「悪いけど、あなたのお父さんも、あなた自身も、かなり評判悪いね」

「何よ、あたしがなんだっていうのさ」

敵意を剝き出しにした蓮見を、血相を変えた安田が指さした。

「それで、わかったぞ!　よくもたぶらかしてくれたな」

顔をくしゃくしゃにして、安田が怒鳴《どな》った。

「霊能者だとか、偉そうな触れ込みできやがって……本当の幽霊が出て、とても祓えないということになれば、この家は賃貸に出せず、売却するしかなくなる。そこへ、あんたの親父《おやじ》が現れて、買い叩くって寸法か！」

「お黙り、しょぼくれジジイ！」

安田と蓮見が口汚く、やりあいはじめた。

いよいよ泥仕合《どろじあい》になるかというところで、岸田教授がひとりごちた。

「おかしいな？　筋が通らないことがある」

静かな声で発せられた独白は、激した二人に冷水を浴びせる効果があった。

両者が、虚《きょ》を衝《つ》かれたというふうに黙り込んだのをたしかめてから、岸田が音也に訊《き》く。

「今夜のことは、蓮見くんのしわざだとしよう。だが、それ以前のことは？　居住者の証言によれば、自分のものでない影が鏡に映っていたとか、宙から血まみれの白い手首が突き出されたという」

「そうだわ。つぎつぎと居住者が出ていったころには、蓮見さんはまだ、この家の存在すら知らないはずよ」

智佳が教授に同調し、桜守兄弟を注視した。

岸田や蓮見、安田も同様である。

彼らの視線を浴びながら、音也が口を開いた。

「そこなんです。今、先生がおっしゃったような怪現象は、誰が起こしていたのか……。安田さん」

哀《あわ》れむようでもあり、怒っているようにもみえる不思議な表情で、音也は、安田を見やった。

「あなた、隠していることがあるでしょう」

「な、何を言うのです。そんなこと、ありゃしませんよ」

にたにたとごまかし笑いを浮かべた相手をよそに、音也は、光也にうなずいてみせた。

「これを見てください」

ジーンズのポケットから、光也は、折り畳んだ紙片を取りだす。広げて、かざしてみせた。

データ化された新聞記事をプリントアウトしたものらしい。

「星洋院大学の図書館では、いくつかの新聞の縮刷《しゆくさつ》版をデータベースにしたものを利用できるんだ。岸田先生に聞いていた、この家の住所で検索したら、たぶんあるだろうと思っていた記事が、すぐに見つかりました」

「どんな事件かな？」

興味しんしんという表情で、岸田が問いかける。光也は、やや陰気に感じられる、低い声で応じた。

「自殺です。柿沼さんが、ここで首を吊る以前にも、別の自殺者がいたんだ」

「心の病気にかかっていたとかで、自分の身体をめちゃめちゃに刺したあげくに、手首を切ったそうです」

光也の話を引き取った音也が、安田を指さした。

「この事件のあと、あなたは告知義務を怠った。賃貸料を安くするのはごめんだと、徹底的にハウスクリーニングをほどこした上で、素知らぬ顔で良い物件だと広告を打ったのでしょう」

指弾された安田は、今までの小市民的なようすとはまったく異なる、凶暴な表情になって、唸っていた。

が、やがて肩を落として、か細い声で白状する。

「しかたなかったんだ。あのころは、ウチも苦しかったし……幽霊なんか出るわけはないと思っていた……」

「これで、謎は解けた。Q．E．D．証明終了だよ」

ミステリの愛読者なのか、名探偵の決めぜりふを口にした光也が、ぱちんと指を鳴らした。

「その、自分をめった刺しにしたひとは、吉崎《よしざき》っていうんだけど、彼が祟っているんだと思う。もしかしたら、柿沼さんが事業に失敗して、首を吊るはめになったのも、吉崎の霊のしわざかも」

「じゃあ、ここには、本当に幽霊が憑いているの！」

蓮見が悲鳴をあげた。

ひどい話で、霊能者とは看板だけ、霊の実在など信じていなかったとみえる。

「ええ、柿沼さんが自殺したあとの怪現象も、おそらくは吉崎さんの霊が、おのれのテリトリーを荒らすなと警告したのでしょう。きっと、ぼくたちも……」

意味ありげに、音也が口を閉ざした瞬間、異変が起こった。

どんと重い音がして、リヴィング全体が大きく揺れたのである。

「彼が手首を切ったのは、二階です。そこで、彼がいら立っているのを、ずっと感じていました」

ため息とともに、音也が言った。

「まやかしの降霊会なんてやってしまったものだから、刺激してしまった。本物が現れますよ」

音也の指摘を裏づけるように、二階から足音が響いてきた。

8

一段、また一段。

ゆっくりと階段を下りてくる足音が聞こえてくる。

誰もいないはずの二階から、リヴィングに向かって、たしかに何者かがやってくる。

「この家に着いたとき、ぼくが見た二階の影」

「そして、オレが感じた霊気」

桜守兄弟は低い声で言葉を交わし、うなずきあった。

「吉崎の霊だったというわけか」

ぼうぜんとしていた岸田教授が、われに返って、呟く。

「自殺の現場は二階だったと、当時の新聞報道にありますし、ね」

音也が、ため息とともに言う。

あとは、みな口が利けなくなってしまった。

常識を超えた現象への畏怖《いふ》に襲われたのだ。

今までの蒸し暑さが消えて、そのあとに冷気が忍びよってきたことも、戦慄をかきたてた。

そうするあいだにも、足音は、容赦なく迫ってくる。

全員の視線が、おのずから、階段のある玄関からリヴィングに通じるガラス戸に集まっていく。

――どこか湿った響きを帯びた足音は、とうとう一階に下り立った。

ガラス戸の向こうに、影が浮かび上がる。

かちゃりと音を立てて、ドアノブが回った。

かすかなきしみとともに、ガラス戸が開く。

蓮見と智佳の悲鳴が交差する。

そこに現れたのは、全身から血をしたたらせた、奇怪な男性だった。顔には、刃物でつけた傷がいくつも開いていて、こちらをねめまわしてきた両の眼は赤く充血している。

ふた目と見られぬ、醜悪《しゅうあく》でむごたらしいありさまだった。

「……畜生《ちくしょう》……畜生……俺が、こんなに苦しい思いをして……ようやく居場所を得たのに……」

ぬめぬめと濡《ぬ》れた、赤黒い唇のあいだから、憎悪にみちみちた言葉が洩れる。

「侵入者め……なぜ、俺を静かに眠らせておいてくれんのだ……」

「ひいいっっ」

たまりかねた蓮見が、椅子から立ち上がると、庭に通じるガラスサッシに取りついた。

むろん、逃げ出そうとしたわけだが、ガラスサッシは、びくとも動かない。続いて、安田もガラスサッシに手をかけたものの、すぐに絶叫する。

「駄目だ。カギもかかっていないのに、どうにも開かない……こうなったら……」

意を決した安田は、パイプ椅子を引き寄せ、頭上に振り上げた。ガラスを叩き割るつもりなのだろう。

だが、一瞬遅かった。

再びリヴィング全体が揺れだしたのである。

今度は、立っていられないほど激しい震動だ。

さらに、怪異が起こる。

燭台が宙を舞い、その勢いでロウソクの火が消えたと思うと、天井に叩きつけられたのだ。

「ポルターガイスト……騒霊現象か」

岸田教授が呻くように言った。

「ごめん、光くん音くん！　わたしが考えなしだったわ」

その瞬間、智佳が前に出て、光也と音也を背中に守る。

お姉さん格の自分としては、事件に巻き込んでしまった弟分を保護してやらなくてはということなのか。

それにしても、あまりに無茶すぎる。

桜守兄弟は、智佳の両脇をすり抜け、彼女を背にかばって、両手を広げた。

二人とも、何があろうと智佳ねェには指一本触れさせない、という顔つきだ。

ただ今の異変で、リヴィングは薄暗くなっている。

けれども、稲妻が走るとともに、部屋のようす、そして、あのおぞましい霊の姿が照らしだされた。

吉崎は、からくり人形めいた、おぼつかない足取りで、前へ進み出る。

「……許さない……俺の家だ、ここは……永遠に……」

傷だらけの顔が、くしゃくしゃとゆがんだ。

悪霊が笑ったのである。

憎しみと敵意と——生者に対する羨望《せんぼう》がないまぜになった表情だった。

そこにはまた、生きて、現世を楽しんでいるものどもを、おのれと同じ死者の境遇におとしいれてやりたいという欲求が見て取れる。

「まずい……光っちゃん」

「まかせて！」

光也が叫んだ瞬間、吉崎の霊が、ひときわ大きく笑う。

その姿が揺れたかと思うと、宙に溶けた。

どういうことだ。

光也に、悪霊や魔を討つ力があると察して、ひきさがったのか？

むろん、そうではなかった。

「あうっ、あううっっっ！」

真っ青になって、がたがたと震えていた蓮見が、突然苦しみだした。

巨体を二つ折りにするようにして、くずおれ、床に両膝をつく。

恐怖のあまり嘔吐《えず》いているのかと思われたが、その呻きが、しだいに、けものの咆哮《ほうこう》に似た叫びに変わっていく。

しばらくして、顔を上げたときの蓮見は、もはや別人にしか見えなかった。

もとより、善良そうな面差しだったわけではない。

高慢なものを感じさせる、険《けん》のある容貌だった。

だが——。

今の蓮見は、普通でない……というよりも、この世ならぬものの顔つきになっていた。

白目を剝き、口の端からよだれを垂れ流し、耳をふさぎたくなるような唸りをあげている。

また、身体全体から、先ほどの吉崎の霊がただよわせていたのと同質の、瘴気《しょうき》と形容したくなる何かが発散されていた。

「しまった。彼女に取り憑いたのか」

光也が舌打ちしたのと同時に、蓮見が暴れだした。

テーブルにこぶしを打ちつけ、叩き割る。

片手でパイプ椅子を払う。はじかれたパイプ椅子の金属部分が、ぐにゃりと曲がり、知恵の輪に似たかたちに変形した。

もちろん、普通なら、女性にできることではない。

吉崎の霊が、蓮見の筋肉をフルに使って、怪力を発揮させているのだ。

しかし、生身の肉体には限界がある。こんなことを続けさせていては、蓮見の体力が尽き果てて、いのちを失うであろう。

「視える。蓮見さんの姿に、吉崎の影が重なっているのが視えるよ」

音也が、嫌悪を剝き出しにして、言う。

感知する力を持っている音也には、他人には視えない――また、視たくもないものが視えてしまうのだった。

「ふ、ふふ……なかなか、都合のいい身体だ。この手で、お前たちを、一人一人絞め殺してやる……」

蓮見の口から、しわがれた声が洩れた。

奇怪なことに、はっきり男のそれとわかる、低い響きになっている。

吉崎の霊が発した声と、まったく同じトーンだった。

蓮見＝吉崎は、まず安田に向かった。

「く、来るな。来ないでくれぇっ」

安田は喚きちらしたが、悪霊に取り憑かれた蓮見が止まるはずもない。

「死ねっ、悪党め」

両手を首にかけ、高々と持ち上げた。

もう安田は声をあげることもできない。

みるみる、顔が真っ赤になり、開いた口から、舌が突き出されて、それ自体生き物であるかのようにうごめく。

窒息《ちっそく》寸前、なのだ。

「いかん、ひと殺しはやめろ！」

岸田が、決然と飛びだした。

勇敢な行為といえたが、無茶でもあった。

蓮見は、教授めがけて、安田の身体を投げつける。

これではたまらない。

二人はひとかたまりになって、部屋の隅に転がっていく。しばし呻き声があがったけれど、それもすぐに消えた。

「……オレがやるしかないみたいだ」

軽く唇を嚙《か》んでいた光也が、一歩前に踏み出した。

とたんに、智佳が声を振り絞る。

「駄目ぇっ、力を使ったら、あやかしに……怪物になってしまうわ」

これを耳にした光也が、肩越しに応じる。

「やっぱり、智佳ねぇだ。ほんとに大事なことは、岸田先生にも話していなかったんだね」

「もちろんさ。そうでなかったら、先生はもっと根掘り葉掘り尋ねてきたはずだもの」

あいづちを打ったのは、音也だ。

「あやかし筋の者がむやみに力を振るっていると、自分があやかしになってしまう。どれぐらい使えば、また何歳になれば、あやかしになるのか、誰にもわからない……」

ひとりごちるように、音也が言う。

これこそ、二人の最大の秘密であり、いちばんの心配ごとだった。

言い伝えにいわく、何百年ものあいだには、妖怪と化したあやかし筋の子が何人か出た。彼ら彼女らは、普通ではない力を使い、天変地異を起こして村を廃墟《はいきょ》となさしめたり、何十人もの村人を殺戮《さつりく》したという。

そのあげくに、どこか、魔界ともいうべきところに去っていったのだとか。

しかも――力が強い者ほど、若くしてあやかしに転じることが多いとされている。早い場合には、数え年で二十歳《はたち》にみたないころに、人間であることをやめた例もあるというのだ。

桜守兄弟と幼なじみの智佳は、二人がそうなってしまうことを案じていたのである。

光也と音也が十八歳、あやかし筋の岐路《きろ》となる年齢にさしかかっているのに、何もしなければ、この先、自分を許すことができなくなるだろう。

それこそが、強引なほどのやり方で、桜守兄弟を岸田教授に引きあわせた理由だった。

「オレたちと岸田先生がお互いに信頼できるようになったら、打ち明けて、あやかしなんかになってしまわないよう、手立てを考えてもらおうと思ってたんだよね、智佳ねェ……」

「でも……わたしが間違っていたわ。こんなことになるなんて……ごめん、光くん音くん……」

「なに、たいしたことじゃないさ」

ことさらに軽い口調で言った光也は、振り向かぬまま、片手を上げた。

「さて、さっさと片づけますかね」

ぼそりと呟いた光也は、蓮見＝吉崎に、じりじりと迫っていく。

蓮見は、光也をにらみつけると、素早い動きでパイプ椅子を引き寄せる。

「危ない、光くん！」

智佳が叫んだ、その一瞬。

光也めがけて、パイプ椅子が振り下ろされた。

音也以外の誰もが、光也の頭が砕かれてしまうと思った。

が、刹那の差で、光也は、パイプ椅子の一撃をくぐり抜けている。

蓮見のふところに入った光也は、気合いとともに、みぞおちのあたりに、右のこぶしを打ち込んだ。

縦横に大きな身体が、ぐらりと揺れる。

どういう波動を送り込んだのか、それはわからない。

けれども、つぎの瞬間、蓮見の姿が二重写しになったかと思うと、実体の彼女が、どっと倒れ込んだ。

あとに立っているのは――傷だらけの悪霊だけである。

「おのれ……」

悪霊の怒りにみちた声に、光也の憐憫《れんびん》をこめた言葉が重なる。

「かわいそうだね、吉崎さん。地上で苦しんだ上に、死んでからも、こんな姿になって」

光也は、両の手を開いて、前に突き出した。

「今――助けてあげるよ！」

その叫びとともに、てのひらから、白い光がほとばしったように見えた。

あるいは、錯覚だったのかもしれない。

しかし、吉崎の霊は、にわかに苦しみだした。

「うう……あ、ああっ……」

霊の輪郭《りんかく》がおぼろになり、ついには透き通って、その向こうにあるガラスサッシや壁が見えるほどになる。

「死ぬのか？　俺……死んでしまうのか？」

最後の問いかけに、光也が小さくうなずいた。

「ああ、今度こそ、本当にね」

低い声でささやいた光也は、祈りに似た言葉を唱える。

「お帰りなさい。あなたが本来いるべきところで安息を得られるように……」

そのせりふが、とどめになったかのごとく、吉崎の霊は消え失せた。

だが、みな動けない。

奇怪で強烈な体験ゆえに、身体がマヒしてしまったかのようだ。

そのさまを、稲光が空《むな》しく照らしだす。

けれども、しばらくすると雷雨もやみ、リヴィングは、ひっそりとした静寂と暗闇《くらやみ》に包まれた。

9

興奮から醒《さ》めたがゆえの、深い沈黙が続いたが、ふいに、まばゆい光が生まれる。

意識を取り戻した岸田教授が、安田の持参した懐中電灯を見つけて、点灯したのだった。

昏倒《こんとう》していた安田と蓮見も、智佳や桜守兄弟に介抱されて、眼を覚ました。

二人とも、今夜起こったことは、夢か、幻覚だと思い込みたいようだったが、記憶は消せない。

さらに、智佳から、彼らが気絶していたあいだに、桜守兄弟が悪霊を退治したのだと聞かされ――とはいえ、あやかし筋の者が背負う宿命については口をつぐんでいたことはいうまでもない――すっかり気落ちした。

そこに、岸田教授が注意する。

「まずは病院に行って、異状がないか、診てもらうことです。それから、蓮見くん」

やや厳しい表情で、岸田が忠告する。

「これに懲《こ》りて、霊や怪奇現象をオモチャにするのはよしたまえ。率直にいって、君が、私の学生だったころからの悪癖だ」

ぴしゃりと決めつけられても、蓮見は、もう反発しなかった。

「すみません、先生……」

すっかり化粧が落ちてしまったこともあって、幼くさえみえる。悄然《しょうぜん》としたようすで、蓮見はざんげした。

「小学生のころ、コックリさんが取り憑いた、あたしが祓ってあげるよ、と、口からでまかせを言ったら、友達がおびえてしまって……。あたしの命令なら、なんでも従うようになったもので、やみつきになってしまったんです。大人になってからも、霊が視えるといえば、みんな、注目してくれるし」

（なんだか、気の毒になってきたね。音ちゃん）

（うん、こんな性格のひとだから、そうでもしなきゃ、まわりに嫌われるばかりだったのかもしれないよ。光っちゃん）

（自分から、好んでオカルトに首を突っ込むのは、そんな淋《さみ》しいひとが多いんだよね……）

視線で会話する桜守兄弟を横目で見ながら、岸田教授が付け加えた。

「とにかく、霊にかかわるのはやめなさい。もちろん、それで利益を得ようとすることも」

「はい、先生……」

しおらしいぐらいに、蓮見がうなずいた。

それをたしかめた教授は、しきりに絞められた首を撫《な》でている安田のほうに向き直り、きつい口調で断じた。

「この事件の原因は、あなただといっても過言ではない。自殺があったことを隠し、あらたに居住者を募集するなど、ひどすぎる。それだけではありません」

「ひょっとしたら、吉崎さんの慰霊《いれい》もやらなかったのかしら？」

とがめるように、智佳が口を挟んだ。

責められた安田は答えない。

が、身を縮めて、小さくなっているから、自白しているようなものだった。

充分、お灸《きゅう》を据えたと思ったのか、少しばかり調子をやわらげて、岸田が先を続ける。

「ともあれ、悪霊は去りました。以後、怪現象が起こることはないでしょう。あなたがおやりになったことも黙っていると約束します」

「じゃあ！」

現金なことに、商売にさしつかえがなくなったとも取れる岸田の言葉に、安田は喜色を浮かべた。

「ただし、条件がある。第一に、蓮見くんがニセ霊能者として、ひと芝居打ったことをお許し願いたい」

「え、そんなぁ」

不服そうな反応をした安田だったけれど、智佳、光也、音也に、いっせいに冷たい視線を注がれて、口をつぐんだ。

一方、蓮見は、感動したという顔つきになって、岸田に向かい、深々と頭を下げる。

黙り込んだ安田に、岸田教授が、重々しい声音《こわね》で命じた。

「第二に、ことの真相については、いっさい口外しないこと」

「へえっ」

思わず驚きの合唱をしてしまった桜守兄弟に、岸田が、ちらりと、共犯者的な視線を投げてきた。君たちだって、今夜の事件は表に出ないほうがいいのだろうと、言わんばかりである。

二人がびっくりするぐらい、優しい面差しだった。

「ここまで奇怪な事件となると、世間に知られれば、マスコミが騒ぎ出し、どんな迷惑をこうむるかもしれない。あなただって、そういう事態は避けたいでしょう?」

「当然ですとも！」

安田は、すさまじい勢いで、何度も首を縦に振った。

現場の後始末を安田と蓮見にまかせて、岸田たちは、シトローエン2CVに乗り込んだ。

雨もやんで、空には、半月が輝いている。

「光くん、音くん、ご苦労さまでした。本当に……」

助手席に座ったとたんに、智佳が、しみじみと桜守兄弟に話しかける。

「ちぇっ、智佳ねェったら。普段から、そんなふうに大事に扱ってくれよ」

不服を言う光也を、岸田がエンジンをかけながら、なだめた。

「まあまあ、終わり良ければ、すべて良しだ。私も感謝するよ」

そう言いながらも、教授は不服そうだった。

「しかし、私としたことが一生の不覚だ。気を失って、かんじんの場面を見逃すなんて！くやしい、実にくやしい、とてもくやしい、心底くやしい」

未練なリフレインを放ちながら、岸田は2CVのエンジンをかけた。

車が動きだしたところで、気分を変えるかのように、光也と音也に話しかける。

「しかし、君たち兄弟は、不思議な力だけではなく、頭も切れるようだ。私も、すっかり感服した」

岸田が、称賛を浴びせてくる。

だが、音也が、水を差すかのような、冷ややかな声で問いかけた。

「そうでしょうか。ぼくたちが調べあげたようなこと、先生は、とっくの昔に察しておられたのでは？」

これを聞いた光也と智佳が、ともに眼を丸くしたのをよそに、音也は追及を続ける。

「蓮見さんの性格については、ぼくたちよりも、先生のほうが、ずっとよくご存じです。だったら、降霊会なんてことを言いだした、本当の理由も見抜けるはずですよね」

「そうか！　以前、自殺者が出ていたことだって、オレたちが図書館のデータベースで調べられるぐらいだもの、先生が知らないわけがないや」

　驚きの叫びをあげた光也が、バックミラーに映った岸田の顔をにらみつけた。ところが、教授は、いよいよ愉快そうに微笑んでいる。

「ほう、ほほう。これは面白いことを言う。では、音也くん、私は、何のために、素知らぬふりをして、君たちの助けを求めたりしたのだろう？」

「ここから先は推測になりますし、智佳ねェの意見を聞きたいところですけど」

　夢中になって、耳を傾けている智佳を引きあいに出してから、音也は述べた。

「蓮見さんは、まがりなりにも先生の教え子です。その彼女が悪事を働くのを、自《みずか》ら糾弾《きゅうだん》するのは、情において忍びないこと。だから、第三者に真相をつきとめさせて、蓮見さんを改心させる方向に導きたかった。そういうことだと思います」

　一気に言い切ったあとで、音也は付け加えた。

「つまり、先生は、教師としてのあるべき姿に忠実だったということです」

「音くん、素敵、当たってるわ。先生は、いつでも学生のことを考えていらっしゃる方だもの！」

智佳の賛辞に、岸田はハンドルをあやつりながら、肩をすくめた。

「どうも、照れるね」

ごまかすように呟いたかと思うと、唇を閉ざして、運転に集中する。

どうやら、事件は無事に終わったようだ。

誰からともなく、後ろを見やった。

岸田も、バックミラーを一瞥《いちべつ》する。

リアウィンドウの向こうには、しだいに小さくなっていく幽霊屋敷だった家の白壁が、月光に照らしだされていた。

第二話

八番目の七不思議

1

痛い、痛いわ。

ひりひりと左半身が痛む。

足も、ほんの少し動かしただけで、丸太ん棒で殴られたように感じる。

ついさっきまで、好き勝手に走りまわれたのに。

お昼休みには、バドミントンをして遊んでいたぐらいなのに。

今はもう、身動きをするのもつらい。

きっと、大けがをしているのだわ。

どうして――こんなことになったのかしら。

いくら頭を絞っても、思いだせなかった。

いつものように警報が鳴って、工場の防空壕《ぼうくうごう》に飛び込んだ。

暗い地の底にいても、爆弾が空気を切り裂いて落ちてくる、ひゅるひゅるという音が聞こえてきたっけ。

耳をふさいだけれど、消すことはできなかった。

そのうち、両国《りょうごく》の花火みたいな、みぞおちに響く、重い音がする。
天井から、土くれが、ぱらぱらと落ちてきた。
怖くて、怖くて、声をあげることさえできなかったのよ。
そして、とうとう、それがやってきた。
真っ白な光に、わたしは包まれて——気がつくと、病床にいたの。
包帯だらけで、身動きもできなくなって……。
あれから、わたしはどうしたのだろう。
何度も自分に問いかけてみたものの、少しも記憶に残っていない。
思いださなくてはいけないのに。
わたしの大切なものをなくしてしまったのだから。
大好きで、肌身離さずにいたものを。
だから、早くよくならなくちゃ駄目。
また歩けるように……ううん、走れるようになって、わたしの宝物を探しにいくの。
見つけなきゃ。
きっと、また、わたしの手に——。
そうして、神さまに感謝のお祈りを捧《ささ》げるの。

生きている喜び、愛されている有り難さに感謝する……。

「相模原《さがみはら》の幽霊屋敷で、君は、吉崎《よしざき》の霊を、その、なんというか」

岸田《きしだ》教授は、表現に困っているという顔になった。そういう表情をすると、ずいぶん気難しそうなひとにみえる。

「……除霊したというべきか、それとも、退治したのか。ええい、単刀直入に聞こう。何をやったのかね？」

急に問いかけられた光也《みつや》は、頬張《ほおば》っていた天丼のゴハンをのどに詰まらせ、うっと胸を叩《たた》いた。

「ほら、あわてて食べるから。言わんこっちゃないわ」

すかさず、智佳《ちか》が差し出した湯呑《ゆの》み茶碗のお茶を、ぐいと飲み干して、息をついた。

その横では、音也《おとや》が、礼法のお手本になるんじゃないかというぐらい、端正な手つきで、エビの天麩羅《てんぷら》を口に運んでいる。

丼物を食べているというのに、お箸《はし》の先が一センチほどしか濡《ぬ》れていないように見えた。

彼ら、桜守《さくらもり》兄弟がいるのは、もちろん岸田教授の研究室である。

和漢洋の書物が積み上げられ、えたいのしれない実験道具がところ狭しと置かれているのはいつもの通りだが、やや場違いなことに、テーブルの上に人数分の天丼が並べられている。

あの相模原の一件以来、桜守兄弟は岸田教授を避けるようにしていたものの、いくら広いキャンパスとはいえ、まったく遭遇しないというわけにはいかない。

昨日、図書館の前で出くわしたのが運のつきで、「ちょうどいい。大学の雑務が一段落したところなんだ。明日の昼休みに、私の研究室に来てくれたまえ。事件のことを詳しく聞きたいね。なんといっても、かんじんなところを目撃しそこなったんだからな！」と、断るいとまもなく、まくしたてられてしまったのである。

光也も音也も、いえ、先約が、とか、適当にはぐらかそうとしたことはいうまでもない。

しかし、教授のつぎの一言が効いた。

「天丼を奢《おご》ってあげようじゃないか。上天丼、大きなエビが三本も載ってるやつを！」

光也が思わず、眼を瞠《みは》ったのを、教授は見逃さなかった。

「では、正午ぴったりに。上天丼、じょーてんどんを出前させて、待っているよ！」

しきりに、「上天丼」を連発しながら去っていく教授の後ろ姿には、何を言っても無駄だった……。

（まったく、光《み》っちゃんたら、食い意地が張ってるんだから。おかげで、岸田先生に尋問、

されるはめになっちゃったよ)

(ちぇっ。そんなこと言って、音《おと》ちゃんだって、旨《うま》そうに食べてるじゃない)

(だって、このエビ天おいしいし……)

桜守兄弟ならではの視線による会話を交わしてから——ただし、この場合は、およそたわいないものだった——光也が、丼を置いて、答える。

「先生のおっしゃる通り、まあ、お祓《はら》いのようなものです。霊が暴れたり、悪さをしていたら、言葉でなだめ、風を吹きかけるような気持ちで、去ってくれという祈りをかける。そうすると、彼らは、本来、自分のいるべき場所に戻ってくれるんです」

「ほう、ほほう」

癖《くせ》であるらしいせりふであいづちを打つと、テーブルに歩み寄った教授は、自分の天丼のふたを取った。

そのまま持ち上げて、立ったまま、割り箸でかきこむ。

なんともお行儀の悪いことだったけれど、反面、食事をはじめとする日常のことに重きをおいていないことが伝わってきて、いかにも変人教授らしかった。

「すると、怨霊《おんりょう》や悪霊、地縛霊《じばくれい》といったたぐいを成仏させてやるわけか」

口をもぐもぐ動かしながら、岸田が質問を重ねる。

これでは、ゆっくり天丼も味わっていられない。まずは、ごちそうをたいらげてしまおう。

そう思ったのか、光也は猛烈な勢いで箸を使い、丼を空にした。

お茶を一口飲んでから、答えを口にする。

「成仏させてやるというと、なんだかエラソーですけど、そう考えてもらって構わないかと。ただし」

言葉を切った光也は、彼には珍しい、しかつめらしい表情になった。

「なかには、とても凶暴なやつがいて、説得に応じてくれないことがあります。そのときは、力をぶつけて、消してしまうこともある……」

「ふむ、実に興味深い」

岸田教授は、エビ天をくわえたまま、箸をエンピツに持ち替え、メモを取った。

あまりに不作法なやりように、智佳も呆《あき》れ顔をしているが、何も言わない。もう長いこと師弟関係にあるので、注意しても無駄だとわかっているのだろう。

「相模原の場合は、吉崎の霊に、お前はいるべきでないところに居座っているのだと納得させ、死の世界に帰したわけだな。うむ、うむ」

しきりにうなずいている岸田をよそに、智佳が桜守兄弟に尋ねた。

「お昼は済んだかな。ちゃんと残さずに食べた?」

幼稚園の年長組に話しかけるような口調である。

が、光也も音也も、素直に答えた。

「この通り、からっぽだよ」

「はい、いただきました」

光也が、ごはんつぶ一つ残っていない丼を示すと、智佳はにっこり笑った。

「光《みつ》くんも音《おと》くんも良い子。さて、このあとは、わたしにつきあってもらうわ。ちょうど講義がない、空き時間だったよね」

「え? だって、岸田先生が……」と言いかけた音也が、途中でやめた。

岸田は、忙しく箸とエンピツを持ち替え、天丼を食べながら、しきりに何かノートに書き込んでいる。

どうかするとエンピツでごはんを食べてしまうのではないかという勢いだ。

もう、すっかり自分の世界に入り込んでいるのである。

「では、先生。二人をお借りしますわね」

智佳は、有無をいわせず、桜守兄弟に出入り口を示した。

教授からの返事はない。

せっかくの上天丼の味もわかっているのかいないのか、眉根を寄せて、書きものに没頭していた。

2

智佳が、光也と音也を連れていった先は、法文棟《ほうぶんとう》と呼ばれている、大小の教室が多数入っている建物だった。

そのうちの一つ、中規模の教室のドアに「新入生歓迎企画・星洋院《せいよういん》大学七不思議のすべてをあばく」と、白地の紙に、どぎつい紫で書いた貼《は》り紙がしてある。その隅《すみ》に、主催団体として「オカルト研究会」と記されていた。

興味本位、という言葉をかたちにしたようなありさまだ。

「智佳ねェ、つきあわせたいものって、これ？」

「ぼくたち、こういうのは、あまり趣味に合わないんですけど」

桜守兄弟は、それぞれ、うんざりしたような声をあげた。

不思議な力を持っているくせに、奇談怪談に興味を持たないというのは筋が通らないようではあるが、本物を視《み》てしまうと、そうなるのかもしれない。

しかし、智佳は、光也と音也の不平をものともしなかった。

「いいから！　だいたい、君たち、新入生歓迎週間だというのに、どこの催しにも顔を出していないじゃない」

星洋院大学には、ゴールデンウイーク直前に、新入生歓迎週間と称して、各サークルが趣向を凝《こ》らした勧誘のイベントを行う。

小規模な学園祭のようなもので、これによって、学生たちは、所属サークルを決めるのが常である。

ところが、智佳が指摘した通り、桜守兄弟は、そういった催しに、まったく見向きもしなかった。

それでは学園生活に彩《いろど》りがないだろうと、二人を強引に連れ出してきたというところらしい。

とはいえ、引っ張ってきた先が、オカルト研究会主催のイベントというあたり、智佳の嗜好《このみ》がありありとあらわれていたが。

「七不思議なんて話だったら、エスコートしてもらうのは岸田先生のほうがよかったんじゃないの。あの先生なら、大喜びで飛んできそうだよ」

光也の疑問に、智佳は、ちっちっちっと小さく呟《つぶや》きながら、立てた人差し指を左右に振った。

「あいにく、先生は『東西諸文化における髑髏《されこうべ》の呪力に関する比較研究』のご講義をなさる時間なのよ」

「うわ、何それ、その聴きたくなくなるようなタイトル」

思わず顔をしかめた光也の額を、こつんと叩いてから、智佳は肩をすくめた。

「……もっとも、岸田先生のことだから、星洋院大学の七不思議といったら、授業を休講にして、ここにいらっしゃるかもしれないからね。黙ってたの」

くすっと笑ったあとで、智佳はドアを開け、教室に踏み入っていく。

桜守兄弟も、あとに続くほかなかった。

とたんに、座席のほぼ半分ほどを埋めていた学生たち、とくに、女子からざわめきが起こる。

（わ、イケメン！　モデルかな）

（知らないの？　今年入学してきた、有名な美形の双子）

（うーん、どっちでもいいから、仲良くなりたいわね）

（あの、二人を引き連れてるのは、お姉さん？）

（恋人だったりして）

（いやァ、許せないっ）

ひそひそと、勝手な会話が交わされた。

桜守兄弟にしてみれば、思春期からこっち、いつも経験していることである。

いちいち相手にしていては、身が持たない。

智佳と三人して、窓際の席を占めたとき、講壇の上で、男子学生がマイクのスイッチを入れた。

ギンガムチェックのシャツにジーンズの、あかぬけない格好で、胸元まできっちりボタンを留めているのもいただけない。

「時間となりましたので、新入生歓迎特別企画、『星洋院大学七不思議のすべてをあばく』をはじめます。お話をさせていただくのは、私、理学部三年生の浅木《あさぎ》です。どうぞよろしく」

その後ろで、助手格の学生がホワイトボードに、演題と「浅木正弘《まさひろ》」という名を記した。

「古くは、お江戸《えど》のその昔、本所《ほんじょ》七不思議が有名ですが、ひとが集まる界隈《かいわい》には、どこにでも怪異ばなしが伝えられるものでございます」

浅木と名乗った学生が話しだすと、オカルト研究会の会員なのか、数人がいっせいにカーテンを閉める。

すぐに、講壇左手のスクリーンに、映像が浮かび上がった。パワーポイントを使って、ヴィジュアルを強調しようというのだろう。

立て板に水といった調子でしゃべっている浅木が、手元のノートパソコンを操作するとともに、映っている絵が変わっていく。

本所七不思議の一つ一つをおどろおどろしく描いた浮世絵だ。

「はい、これが置行堀《おいてけぼり》。釣り人が、たくさん魚が釣れたので、気をよくして帰る途中、本所近辺の堀を通ると、『置いてけ、置いてけぇ』と怖い声がする。あわてて逃げ出したあとに、びくをあらためてみると、あんなに釣れたはずの魚が一匹も残っていなかったという怪談ですね」

送り提灯《ちょうちん》、消えずの行灯《あんどん》、足洗邸《あしあらいやしき》、片葉《かたは》の葦《あし》……。

ぱっとしない外見とは裏腹に、浅木は、軽妙で洒脱《しゃだつ》な語り口で、本所七不思議を説明していった。案外、落語ファンなのかもしれない。

「さて、みなさん。とくに新入生の方々。わが星洋院大学にも、七不思議があります。今から、それを物語るといたしましょう。ただし！」

芝居がかったしぐさで、浅木は身を乗り出した。

ノートパソコンが発する淡い光で、顔を下から照らし、陰翳《いんえい》をきわだたせることで凄《すご》みをつける。なかなか、ゆきとどいた演出だ。

「昔から、星洋院大学の七不思議をすべて知ったものには、災いが訪れるとの言い伝えがあります。ですから、ＯＢにも、あらゆる怪を教えられたという方はいらっしゃいません」

浅木の言葉を耳にした智佳は、軽く膝《ひざ》を叩いた。

「そう言われると、なるほど、だわ。わたしも、三つか四つぐらいで、全部は知らない」

「智佳ねェったら。そんなの、七不思議につきものの脅しというか、ありふれたタブーでしょう」

小声で音也が応じる。そのとき、浅木が重々しい口調で告げた。

「しかし、今日、私は敢《あ》えて、七不思議を余すところなく、お話しします。当オカルト研究会が、独自のルートで得た情報なのです」

教室のそこかしこで、小さな悲鳴があがった。もちろん、七不思議の祟《たた》りを心配してのことであろう。

浅木は、おのがせりふが及ぼした効果に満足してか、にんまりと笑った。

「いやいやいや、不安に思う必要はありません」

両手を上げて、聴衆をなだめるように上下に振ってみせる。そのおどけたしぐさに続けて、にこやかに言った。

「なぜなら、ご存じのように、星洋院大学は、七不思議の生まれた土地である高尾《たかお》から、ここ、葛飾《かつしか》区水石町《みずいしまち》に移ってきたからです」

浅木の指摘通りだった。

星洋院大学は、高尾山《たかおさん》のふもとに、戦前からのキャンパスを所有していたが、受験生の都会志向にこたえるべく、二十三区内への移転を模索していた。

そこに、製紙工場が東北に引っ越したあとの広大な空き地が水石町にあるとの情報を得、しかも、葛飾区当局の協力も期待できるとのことで、決断が下されたのだ。

そうして星洋院大学が、新しい水石町キャンパスに完全移転を終えてから、もう三年になる。

「となれば、七不思議の魔力も、高尾ならともかく、こちらには通用しません。どうぞ、みなさん、安心して、聞いていてください」

明快な説明に、あちこちで安堵《あんど》の声があがるのをたしかめてから、浅木は再び語りだす。

おそろしく陳腐《ちんぷ》な怪談だった。

午前二時に、理学部がある校舎に入ると、実験台にされたマウスの霊が、群れをなして襲いかかってくる。

満月の夜に図書館に行くと、書棚の隅《すみ》に影のない老人がいて、本のページを繰《く》っている。講堂の時計塔を、零時ちょうどに見上げてはいけない。昔、あまりに病弱であったために世をはかなんで、そこから縄をかけて首を吊《つ》った学生の霊が、ぶらぶらと揺れているから……。

（いまどき、小学生向けのオカルト本だって、もう少し手の込んだ話をつくるんじゃないかな。ねえ、音ちゃん）

（ほんとだね、光っちゃん。でも）

例によって、視線で会話した二人だったが、音也が、いぶかしげに首をかしげる。

（なに？　何か感じるの？）

光也が眉をひそめた。

察する力は、音也のほうがずっと強い。ひょっとしたら、自分が気づけないでいる霊を感じ取ったのかもしれないと思ったのである。

だが、音也は、かぶりを振った。

（ううん、気のせいかな。なんでもないよ）

一方、智佳は、二人の不審も知らぬげに、身を乗り出さんばかりにして、浅木の話に聞き入っている。

桜守兄弟にとっては、それこそ奇怪なことなのだけれど、愚《おろ》かだとか、信じやすい性格だなどとは絶対にいえないような、しっかりした智佳が、なぜか、この種のことになると夢中になってしまうのだ。

おそらく、理性や知性とは関係のないところで働く、感性というやつのせいなのだろう。

「さて、お待たせしました。七不思議中、六つまでを語り終え、いよいよ最後の怪でありま す」

講演のようなものは、いよいよ佳境《かきょう》に入った。

しゃべり方も、講談口調というのか、時代がかってきている。

「先の戦争でのこと、星洋院大学のキャンパスにも、臨時に軍需工場が置かれ、勤労動員《きんろうどういん》、つまり授業を受ける代わりに働きに出された女学生たちがやってきていました。そのなかに、一人、当時としては珍しいクリスチャンの女子がいたことから、悲劇が起こります」

浅木がそう言った瞬間、音也に異変が起こった。

大きく身を震わせたかと思うと、すっと顔色が青くなる。

(どうしたの、音ちゃん⁉)

弟を案じた光也が、音也の耳元でささやく。

それを聞いた智佳も、音也の腕に手をあてた。

「だいじょうぶ、音くん？」

「う、うん。心配しないで。たいしたことじゃ……」

言葉とは裏腹に、額に汗がにじみでてきた。

ところが、浅木は、音也のようすに気づかぬのか、名調子で話し続けている。

「クリスチャンだった彼女は、何かにつけ、先生や仲間たちにいじめられていました。それでも、何とかやっていたのは、信仰のしるしたるロザリオがあったから。しかし、彼女も、若くして死を迎えることになりました。昭和二十年四月三十日、キャンパスに軍需工場が設置されていることを知った米軍は、Ｂ29で空襲をかけてきたのです」

浅木が声を張りあげるのに反比例して、音也は苦しげな顔になる。

「出ましょう。大学の診療所に行くのよ」

智佳が、母親のような口調で命じたことに、音也は首を振った。

「駄目だよ、この話、最後まで聞かなくちゃ……」

いんちきな霊やおばけのことになると冷笑的になる音也らしくないことを言う。

光也と智佳は顔を見合わせた。

それをよそに、浅木の話はクライマックスに入っている。

「爆弾の直撃を受けては、防空壕に入っていても、ひとたまりもありません。彼女は重傷を負って、死の床につきました。けれども、心残りが一つ、あの大切なロザリオがなくなっていたのです。彼女は、わたしのロザリオはどこ、探しにいきたいと、うわごとを言いながら、死んでいきました。それ以来」

聴衆の気を惹《ひ》くように、わざと言葉を切り、焦《じ》らしてから、浅木は、にたりと笑った。

「四月三十日の夜になると、彼女の霊がキャンパスを徘徊《はいかい》するのです。どこ？　わたしのロザリオはどこにいったのと呟きながら……」

（いけないよ、音ちゃん）

（うん、もう出よう）

光也と智佳が、無理にでも音也を連れ出そうと、左右から腕に手をかけたとき――。

さっとカーテンが開かれ、電灯が点《つ》けられた。

教室に、醒《さ》めた明るさが戻ってくる。

音也が、大きなため息をついた。

智佳が差し出したハンカチで、冷たい汗をぬぐう。

蒼白《そうはく》になっていた頬も赤みが差して、ときならぬ体調不良は去ったようだった。

いったいどうしたのか、と智佳が問いかけるよりも早く、講壇の浅木が口を開いた。

「以上、初公開、星洋院大学七不思議のすべてでした。最後までお聞きくださり、感謝です。これからも、こういう研究を進めていきますので、当オカルト研究会をヨロシク！」

一転して、ひょうきんな調子になった浅木に、みなが笑顔で拍手を送った。

浮かぬ表情をしているのは、何か気づかわしげにしている音也、そして、彼を心配する光也と智佳だけである。

このあと、新入生のサークル勧誘に移るのかと思われたが、そういうこともなく、壇上の浅木がイベント終了を告げるとともに、参加者は三々五々と散っていった。

3

どうも、このワンルーム・マンションというのは、棺桶《かんおけ》のなかにいるような気がする。

加納《かのう》は、声に出さずにひとりごちた。

ここに移ってきて、一年以上になるけれど、いまだに居心地が悪い。

もっとも、静岡のいなかの、それなりに広い農家で生まれ育ったのだから、当たり前のことかもしれなかった。

加納は、星洋院大学の二年生である。

昨年、ストレートで入学試験に合格、この葛飾区水石町に部屋を借りて、引っ越してきた。

ようやく東京暮らしに慣れてきたというところだ。

それにしても――父さんがもう少しがんばって、仕送り増やしてくれれば、広い部屋に移れるのになあ。

勝手なことを思ってから、首を振った。

実家は、農家としてはうまくやっているほうだが、お金がありあまっているというほどではない。そのなかから、やりくりして自分を東京の大学にやってくれたのだから、文句は言えなかった。

「もっと、割りのいいバイトを探してみるか」

今度は、声に出して独白した。

時計を見ると、もう夜中の十二時をまわっている。

椅子《いす》から立ち上がった加納は、遮光《しゃこう》カーテンを閉めた。

この種のマンションは、雨戸がないから、しっかりカーテンをかけておかないと、日の出とともに光に直撃されることになって、思いがけない早起きを強《し》いられてしまう。

それに、加納は、寝るときは真っ暗にしておくのが好きだった。

そうして、パジャマに着替え、電灯を消そうとしたとき、バスルームのほうで、しずく

ものだ。
ビジネスホテルによくあるような、洗面所とバス、トイレが一体になったユニット式の
バスルームといっても、立派なものではない。
舌打ちしながら、バスルームに向かう。
きちんと蛇口を閉めなかったのか。
が垂れる音がした。

そこを、シャワー、洗面所の蛇口とあらためていって、加納は首をかしげた。

どれも、しっかり閉まっていて、水滴が漏れる気配などなかったのである。

入浴のあと、バスに湯を張ったままにしておいたが、そこも異状なし。

おかしいな、と思った瞬間――。

（いいわね、水がいっぱい）

誰かが、後ろでささやいた。

驚いて、振り向いても、誰もいない。

しかし、また声が響く。

いや、声というよりも、心に直接話しかけられているような気がする。

（とても熱かったわ。やけどしたひとが苦しんで……水をください、水をって……こんな

に水があれば、つらい目に遭わずにすんだのに……）
間違いない。
若い女の声だ。
自分以外、この部屋には誰もいないはずなのに――何かがしゃべってる！
信じられないできごとに、蒼白になった加納は、してはいけないことをやった。
見てはいけない。
洗面所の鏡……あれを見れば、恐ろしいものが視えてしまう。
理性はけんめいに警告しているのに、視線が勝手に動いて、鏡に注がれる。
ひとの姿が浮かび出た。
加納のものではない。
ただ、身体《からだ》つきから、女性のものとわかる白い影。
悲鳴をあげようとした。
だが、声にならない。
あとずさりし、足がもつれるのを無理に押して、居室に逃れる。
「なんだ……何なんだ、今の……？」
がくがくと震えながら、加納は呟いた。

その刹那《せつな》、電灯が消える。

「うわ……わ、わっ……」

うろたえた加納は、窓に突進する。

停電なのか、それとも、何か怖いことが起こっているのかはわからない。

ただ、遮光カーテンを開けば、外の明かり、街の灯《ともしび》が入ってくると思った。

けれども、加納の動きが止まる。

遮光カーテンを背にして、ひとの影が現れたのである。

バスルームの電灯も消えてしまったから、真っ暗で何も見えないはずなのに、闇《やみ》のなかから抜け出てきたそれは、細部まで、はっきりと視えるのだ。

長い黒髪をお下げにした少女。

顔立ちは整っているといえるけれど、この世のものではないだけに、かえって恐ろしい。

服装は、古めかしいものだった。

白いブラウスに、あれはモンペというのだったか、裾《すそ》を締めたズボン状の作業服。

つまり、戦時中の女学生の格好である。

「ねえ、あなた……」

彼女は、低い声で話しかけてきた。

「あなた、わたしをいじめたひと？」

「ちがう、ちがうよぉっ」

涙をにじませながら、加納は必死にかぶりを振った。

何のことかはわからない。

だが、彼女は昏《くら》い感情に突き動かされている。

それが、加納にも伝わってきたのだ。

「ぼくじゃないから……いじめてなんかいないから……どこかへ行ってくれぇ……」

彼女は答えない。

少しだけ首をかしげ、問いかけを重ねる。

「ねえ、わたしのロザリオはどこ？」

「……え？」

「わたしのロザリオはどこなのかしら……」

滑るように、少女の白い影が近づいてくる。

こらえかねた加納は、ついに叫んだ。

「い、いやだ、来るなぁっっ！」

無我夢中で外へ逃げ出そうとしたが、暗がりのため何かにつまずいて、床に転んでしまう。

その加納に、彼女がおおいかぶさってきた。

冷気が身体を包み、震えが止まらなくなる。

「あなた、知っているんでしょう。わたしのロザリオを返して……」

もう限界だった。

恐怖のあまりか、眼の前が暗くなっていく。

遠ざかる意識のなかで、加納が耳にしたのは、隣人のものらしい「どうした。何かあったのか」という声と、ドアを叩く音だった。


「ほう、ほほう」

研究室の執務机の向こうで、智佳の話を聞いていた岸田教授は、上機嫌《じょうきげん》になって、あいづちを打った。

が、すぐに軽く眉を寄せる。

「栃内《とちない》くん、君も薄情ですねえ。そういう催しがあったのなら、なぜ私も誘ってくれなかったのか」

「あいにく、先生のご講義の時間と重なっていたものですから」

「そんなもの、休講にすればよかったのだ」

「まあ……」

（案《あん》の定《じょう》だ）

（智佳ねェはお見通しだよね）

呆れる智佳の後ろで、桜守兄弟がこわばった微笑を交わした。

あの七不思議の会の前に、彼女が予想していた通りの反応だったからである。

昭和の昔には、授業の大半を休講にして、平気な顔をしているツワモノ教授もたくさんいたという。

が、平成の今となっては、学生、そして、学費を出している親たちの大学に対する要求は厳しく、休講にしたら、そのぶん学期末に補講をしなければならない。

つまり、いい気になって休講していれば、あとで教授にもツケがまわってくるということだ。

にもかかわらず、岸田教授は、必要とあらば休講にすることを辞さない。

あるときなど、調査旅行に出かけたとかで、二カ月にわたり、すべての授業を休みにしてしまったこともあるという。

とはいえ、その一方で、岸田は妙に厳格で、補講はきっちりとやる。それも、朝いちばんから日が暮れるまで、ぶっ通しでやったりするから、受ける学生としてはたまったものではない。

おそらく、これも「無情センセ」のあだ名がついた理由の一つだろう。

「……お誘いしなかったことは、あやまります。でも、先生、わたしたちだけでは手に負えなくなってきまして」

光也と音也が、いやいやながらという表情でうなずいた。

そう、七不思議を語る会は、その後、意外な展開を迎えていたのだ。

新入生歓迎週間のイベントにすぎなかったはずなのに——参加者のなかから、幽霊、しかも七不思議の最後の一話さながらの、戦時中の女学生姿の幽霊を視たというものが続出、星洋院大学を騒がせているのである。

なかには、幽霊に襲われた恐怖のあまり、心療内科に入院したものも出たという、まことしやかなうわさもあった。

ただ、その程度の騒ぎだけなら、智佳もこんなに深刻に考えなかったかもしれない。

しかし、会のさいちゅうに、感知する力を持っている音也が異変を起こしたことを目撃してしまったのだから、放っておくわけにはいかなかった。

ただ感じただけならともかく、あやかし筋の者はときとして自《みずか》らあやかしに化すことがあるという言い伝えが思いだされたのである。

おのれが望まなければ、力を使うことはない光也とちがい、音也は、好むと好まざるとにかかわらず、近くに霊がいれば関知してしまう。

それだけ、あやかしの領域に踏み入る危険は高いのではないだろうか。

そう懸念《けねん》した智佳は、ためらう桜守兄弟をせきたてて、頼りになる——一般的にそういえるかはわからないが、こういう方面のことには頼りになる岸田教授のもとに無理やり連れてきたのである。

「音也くん、できるだけ詳しく、そのときのことを話してくれたまえ」

岸田にうながされた音也は、しばらく口ごもっていたが、ぽつりぽつりとしゃべりはじめた。

「実は……あのロザリオを探す少女のくだりになったときに、強烈な波動を感じたんです」

「すると、教室に霊がいて、視えた？」

「いいえ、あそこにはいませんでした。ただ、何かが話を聞きつけて、めざめた。そんなイメージが伝わってきました」

「女学生の霊が、自分の話をされているのを知って、やってきたとか？」

言葉を挟んできた智佳に、音也は眉を寄せた。

「そこまで、はっきりとはしていない。ただ、強烈な思念を受けたもので、気分が悪くなってしまったんです」

「ふうむ、なるほど」

岸田教授は、大きく身を乗り出してきた。

「いずれにしても、音也くんがそう言うからには間違いあるまい。相模原の一件につぐ、第二の幽霊事件だ。愉快、実に愉快。研究者冥利《みょうり》につきる」

(だから、智佳ねェの頼みでも、断るべきだと言ったのに)

(しかたないだろ、光っちゃん。ぼく、霊を感じてしまったんだから)

視線で愚痴《ぐち》を洩らしあった桜守兄弟は、同時に肩を落とす。

それもつかの間、ふいに、岸田教授の自問の声が響く。

「だが、変だな。星洋院大学の七不思議には、ロザリオを探す女学生なんて話はなかったが」

4

意外な発言に、音也と智佳がすぐさま質問しようとした。

けれども、先を制したのは光也である。

「どういうこと？　先生、星洋院大学の七不思議を全部知ってるの⁉」

光也の激しい反応に驚いたのか、岸田は、眼をぱちくりさせていた。

が、自分を落ち着かせるように、一つ咳《せき》ばらいをしてから、答えてくる。

「もちろん。私も、付属幼稚園以来の星洋院育ちだ。この学校のことなら、講堂の窓ガラスについた傷の数まで知っているつもりだ」

冗談まじりに応じた岸田は、七不思議を一つ一つ挙げていった。

実験材料のマウスの霊が、群れをなして襲ってくる。

満月の夜に、図書館に行ってはならない。影のない老人の幽霊を視るから。

講堂の時計塔には、首を吊った学生の霊が揺れていることがある……。

桜守兄弟は、かたずを呑んで、岸田の話に聞き入った。

おおむね、先の七不思議の会で聞いたままの怪談である。

四つ目は、親の許さぬ恋をはかなんで心中した男女の霊が、命日になると、哲学科の研究室ですすり泣くという話。

自分の論文を指導教授に剽窃《ひょうせつ》された助手が、その先生を刺した。英文科に保存されているその論文原稿を読んでいると、急にすべての文字が紅《あか》くなるというのが五つ目。

六つ目は、いつのころからか構内にある、古びたお稲荷《いなり》さんに祈ると、試験は通るが、あとで必ず不幸に見まわれるという言い伝え。

では、七つ目は——。

光也と音也、智佳に凝視されながら、岸田が語る。

「十一月十三日には、いかなる楽器も鳴らしてはいけない。なぜなら、ヴァイオリンが得意だったけれど、夭折《ようせつ》してしまった学生の霊が、仲間がいると思って、合奏しようと声をかけてくるから……」

「ちがう、女学生の怪談じゃない！」

教授が話し終えるのを待たずに、光也が叫んだ。

「七不思議すべてをご存じなのに、祟りはなかったのですか」と、眼を瞠ったのは智佳だ。

音也さえも、「理屈が通りませんね」と呟いて、首をかしげる。

「おいおい、そういっぺんに聞かれても、答えかねるぞ」

苦笑した岸田は、両手を上げて、みなを制してから説明した。

「七不思議をすべて知ると、災いが起こる。それは、この種の怪談をもっともらしくするためのタブーにすぎない。おそらく、後づけで言われだしたものだろうね」

教授は肩をすくめた。

「私だけじゃない。先輩後輩、同級生にも、七不思議全部を聞いたものは大勢いたよ」

音也のほうに眼をやって、指摘する。

「君が、理屈が通らないと言ったのは、場所のことではないのかな」

「ええ、ただ今うかがったことは、ここ水石町キャンパスに引っ越してくる以前、高尾の校舎にまつわる話でしょう」

「そうだ。従って、そもそも水石町で怪現象が起こるはずがない。幽霊もいっしょに引っ越してきたなら、別だが」

しかつめらしい顔で述べた岸田に、光也が尋ねる。

「おまけに、女学生の幽霊ばなしは、本来の七不思議にはなかった。ということは、まったく新しい、別のことが生じているんですね」

これを聞いた教授は、魂《たましい》の売買契約を結んだばかりの小悪魔のような微笑を浮かべた。

光也も、しまったという表情になったけれど、もう遅い。

「素晴らしい。君たちも、事件解決に積極的になっているようだ。さっそく、私の指導のもとで、調査にかかってもらおうじゃないか」

（光っちゃんの馬鹿《ばか》。教授の思うつぼじゃない）

（あんまりだ、音ちゃん。オレだって、はめられたようなものだよ）

珍しく言い争う――眼だけで、だが――二人をよそに、智佳が岸田に話しかけた。

「ところで、先生。説明のつかないことが、もう一つあります」

好奇心がきっかけで、光也と音也を怪事件に巻き込んでしまったことでおのれを責めているのか、どこか、思いつめた表情だった。

「七不思議の会を主催したオカルト研究会です。あのあと、連絡を取ろうとしても、サークル活動をやっている気配もなければ、部室さえなくって」

「登録されて、正式に部活として認められたわけじゃない同好会だったら、そういうこともあり得るよ」

光也が言ったことに、智佳が顔をしかめた。

「でも、いくら探しても、影もかたちもないというのは妙だわ。それに」

眉を寄せて、考え込む。

「あのときは、ただ面白そうだと思っただけだったけど、星洋院大学にオカルト研究会が存在するならば、わたしの耳に入らないわけがない。なのに、あのクラブなり同好会のことは、七不思議の会のポスターで初めて知ったのよ」

うかつだった自分が許せないというふうに、何度もかぶりを振った。

「いいだろう。調べてみる。……おっと、君たち、後ろを向いていてくれ」

智佳と桜守兄弟に注意した岸田教授は、パソコンを操作しだす。

パスワードを入力しているようすだった。

きっと、サークルや同好会関係の情報を集めた大学当局のデータベースに、教授の権限でアクセスしているのだろう。

「うん、たしかにオカルト研究会などというものはないね。加えて、そんなサークルがあれば、栃内くんだけでなく、私も気づいているはずだ」

岸田は、とがったあごの先に指を当てて、しばし考え込んでいたが、やがて智佳に尋ねる。

「その壇上で話した責任者の名前、覚えているかね」

「ええと、理学部三年っていうことで、あ……ナントカ木、だったと思います」

「浅木、です。先生」

詰まった智佳に、音也が助け船を出した。

「浅い深いの浅に、樹木の木」

「よし、そっちで検索してみよう」

キーボードを叩いた岸田は、おっと小さく声をあげた。

「ほう、ほほう。これは……」

「見つかったのですね！」

期待をあらわにした智佳に、岸田が応じた。

「大学当局公認の、れっきとした登録サークルの部長だ」

「何のサークルですか」

光也の質問に、予想外の答えが返ってくる。

「社会学研究会だね」

「しゃかいがく……」

「けんきゅうかいィ？」

掛け合いのようなやり取りをして、顔を見合わせた光也と音也をよそに、教授は呟いた。

「社会学研究会の人間が、オカルト研究会と称して、星洋院大学の七不思議を語る。それも、七番目の怪を別のものに変えて——」

岸田は、しばし考え込んだ。

ややあって、握ったこぶしでこつこつと机を叩く。

「あばくべき不思議があるとすれば、こちらだ」

5

葛飾区白川《しらかわ》にある「郷土史と天文の博物館」を訪れた音也は、いささか閉口していた。

星洋院大学の学生で、戦前から戦中にかけて、現在の水石町キャンパスがある敷地には、何があったのかを調べている。

そう自己紹介した音也に、応対した学芸員が、いたく感激したのだ。

どうも、近現代史専門のひとらしいのだが、持ち込まれる調べごとといえば、小中学生の宿題の相談がせきの山で、歯ごたえのある話を持ち込んでくる者はいないのかと腐っていたようである。

おかげで、音也は、昭和の葛飾区に、すっかり詳しくなってしまった。

ここに通いだして、もう一週間ぐらいになるけれど、この好人物の学芸員は、音也の姿を見かけるや、とうとうとレクチャーをはじめ、あげくのはてに、一抱えほどの資料を持ってくるのだ。

音也としては、有り難迷惑のきらいがなきにしもあらずだったものの、水石町キャンパスの歴史は、完璧に頭に叩きこまれた。

星洋院大学の移転前に、水石町にあったのは、三峯《みつみね》製紙の工場だったのだけれど、さらに戦争中にさかのぼると、兵器を製造していたのである。

つくっていたのは、おもに戦車。

当時の省線《しょうせん》――今でいうJRの引き込み線があって、そこに続く道路は、戦車を貨車に積み込むのに便利なよう、すでに舗装されていたという。よって、米軍の日本本土空襲が激しくなると、当たり前のことながら、重要なターゲットに指定された。

まわりは田んぼばかりで、それだけならば、B29を繰り出して爆撃する必要もなかっただろう。だが、日本陸軍のために、戦車を生産しているとなれば、話は別である。

昭和二十年四月三十日、米軍は水石町の工場に、集中爆撃を仕掛け、工員の死傷者が多数出ている。そのなかには、勤労動員で工場に配属されていた綾瀬《あやせ》高等女学校の女学生も含まれていた――。

（つまり、八番目の七不思議のようなことがなかったとは言い切れない）

今日も今日とて、ひとしきり葛飾の昭和史について語り終えた学芸員に一礼しながら、音也は心中で呟いた。

たぶん、この綾瀬高等女学校の生徒のうち、空襲で亡くなったひとに、この事件は関係がある。

そう当たりをつけて、水石町空襲と綾瀬高等女学校の資料を調べてきた。

きちょうめんな音也らしく、デジタルデータの検索だけで済ませるようなことはしない。学芸員が持ってきてくれた紙媒体の文献にも丹念に当たっている。

とはいえ、目指す事実が簡単に見つかるものではなく、来る日も来る日も空振りばかり、成果なしというので、根気強い性格の音也も、さすがにたまりかねていた。

（郷土史研究家になるつもりはないんだけどなあ……いや、あの学芸員さん、いい候補者ができたと、ぼくに眼をつけているかもしれない）

有り難くない想像をしてしまい、ぶるっと身を震わせた。

気を取り直して、学芸員が積み上げていった本の山を見やる。今日の分だけでも、十冊以上あった。

ため息をつきかけて――眼を瞠る。

いちばん上に載せられた本の表紙に、「水石町空襲体験記」とある。そっけない装幀《そうてい》からすると、自費出版の本らしい。

はやる心を抑えて、その本を取った音也は、ていねいな手つきでページを繰っていった。

水石町空襲を経験したひとの談話や手記を集めて、編纂《へんさん》した記録である。

話者《わしや》の氏名と、当時三峯の工場でどんな仕事をしていたかを明記した上で語られた体験談は、非常になまなましい。

戦争を知らない音也でも、息が詰まるような思いだったが、あるページで手が止まった。空襲で負ったやけどがもとで、数日後に亡くなった級友のことを回顧《かいこ》した女学生の記録である。

三、四ページほどしかない、短い文章だ。

けれど、音也は、何度もそれを読み返した。

(可哀相《かわいそう》に、前川早苗《まえかわさなえ》さんは、敵国米英の宗教であるキリスト教の信仰ゆえに、さんざんいじめられたあげく、苦しみながら死んでいかなくてはならなかったのです。大切にしていたロザリオも、空襲のときになくしてしまったとか。わたしのロザリオはどこと、うわごとのように言いながら亡くなった早苗さんのことは忘れられません)

もう一度、最後の行を黙読した。

アマチュアの文章だから、けっして上手《うま》くはない。

でも、亡き級友を惜しむ気持ちが、切々と伝わってきた。

そして、七十年ほども前に、短く不幸な人生を終えた少女の無念が、心に染みわたってくるのを感じる。

どうにかしてあげなきゃ。

気の毒な死に方をしたばかりか、今も悲しみを抱いたまま、さまよっているなんて、放ってけるものじゃない。

彼女を助けることは、自らがあやかしになる危険を冒《おか》すことを意味する。

それでも――やらなくてはならなかった。

「きっと、安らぎをあげますよ。必ず……」

音也には珍しい、やりきれない思いのこもった声で、ひとりごちた。

「社会学研究会」の看板がかかったドアを、智佳が叩いた。かたわらには、光也がボディガード然として控えている。

「どうぞ」

無愛想な声が返ってくる。

光也と智佳は、うなずきかわすと、社会学研究会の部室に足を踏み入れた。

お決まりの、乱雑な部屋だった。

中央のテーブルを囲むように、パイプ椅子が置かれ、そこかしこに本やノートパソコンが置かれている。

カップ麺《めん》やコンビニ弁当のパッケージが隅に転がっているのも、お約束というやつだ。

その一角に、浅木正弘が座っていた。

今日はポロシャツにチノパンだが、相変わらず胸元までボタンを留めているので、やぼったい印象が抜けない。

けれども、七不思議の会のときとはちがい、警戒するように、眼をぎらぎらと光らせていた。

「修士一年の栃内智佳です。彼は、新入生の桜守光也くん」

「そっちは知ってますよ。イケメン双子の片割れでしょう。すっかり有名人だものね」

一応は愛想のいい口調で、浅木が応じた。ただ、表情にどこか険《けん》がある。

実際、浅木にはうしろめたいことがあるらしく、智佳が話をしたいと申し入れても、のらりくらりと逃げまわられてきた。

しかたなく、岸田教授の名前をちらつかせて、ようやくアポを取ったのだ。

浅木も、教授、しかも「無情センセ」が乗り出してきたとあっては、無視できなかったとみえる。

智佳は、勧められたパイプ椅子に座るなり、本題に入った。

「まず、お聞きしたいのは、先日の『星洋院大学七不思議のすべてをあばく』のことです。オカルト研究会主催ということだったけれど、わたしの調べたところ……」

「そんなサークル、もしくは同好会は存在しなかった。そう言いたいんですね」

きざなしぐさで、浅木は肩をすくめた。

講演会のときには、それほどでもなかったのが、何か怪しげなたくらみをしたのだと思うと、ややカンに障《さわ》る。

「当たり前ですよ。あれは、俺たち、社会学研究会の実験だったんだから」

ぬけぬけと言った浅木に、光也がオウム返しに反問した。

「実験？　どういうことです」

「社会学の実験。デマの伝搬速度についての」

浅木は、開き直った態度で応じてきた。

「星洋院大学の七不思議という触れ込みで、一つだけ、嘘《うそ》を混ぜておく。どのぐらいの時間で、誰もがそれを信じるようになるかをチェックするんです」

浅木は顔をゆがめた。

笑ったつもりらしいが、卑《いや》しさがにじみでてくるような、嫌な表情だった。

「おおよそ四日間でしたね。普段の会話でそれとなく女学生の幽霊を持ち出して、みんながああ知ってるとうなずくようになるまで。なかには、向こうから話しだした例もある」

ノートパソコンを指さして、ディスプレイに映った図表を示した。

「いいデータが取れましたよ。実験は大成功」

勝ち誇ったように言う浅木に、たまりかねた光也が口を開きかけた。が、智佳が視線で抑えて、代わりに問いかける。

「感心したやり方ではないと思うけれど……ひとまず、そのことは措《お》いて、聞きたいことがあるの」

「感心してもらう必要はないですね。そんな言われ方をされるのもイヤだな。誰かに迷惑をかけたわけじゃないし」

ふてくされたように応じてから、浅木は、あごをしゃくった。

質問があるならどうぞ、という意味のしぐさらしい。

傲慢《ごうまん》なそのやりように、光也が気色《けしき》ばみ、智佳も頬を紅潮させる。しかし、智佳は年長者の忍耐を示し、強いて落ち着いた口調で尋ねた。

「あなたがつくったという幽霊ばなし、まったくのフィクションなのかしら」

「なんだって?」

予想外の質問だったらしく、浅木は当惑したように反問する。そこへ、智佳が追い打ちをかけた。

「もちろん、あなたの創作怪談がきっかけになって、集団幻覚が引き起こされたという解釈もできるわ。ただ、社会学研究会の部員は、その仕掛けを知っているはず」

小さくかぶりを振って、もう一度問いかけた。

「だったら、あなたの嘘が偶然、不幸な死者の実話に重なって、霊的な事件を引き起こすきっかけになったんじゃないの？」

浅木は、まじまじと智佳を見つめた。

やがて、ぷっとふきだしてから、答えてくる。

「よく、そんなくだらないことが言えますね。あれは全部つくり話……あ、いや」

ふいに眉をひそめ、少しばかり考え込んだ。

「……部員のなかに葛飾区出身の子がいて、小学生のときに社会科の授業で空襲について教わったというから、それを適当に混ぜ込んだんだっけ……」

ややきまりが悪そうな顔になってから、今度はいちだんと大きく、首を左右に振ってみせる。

「だけど、関係ないよ。幽霊がロザリオを探すなんて、俺がでっちあげたインチキ怪談なんだから！」

声を荒らげた浅木に、光也がぼそりと呟く。

「シンクロニシティ」

何を言われたのか理解できず、きょとんとしている相手に、光也は言葉を重ねた。

「理屈では説明できないような偶然の一致が起こることだよ。もっとわかりやすく説明してやろうか」

ぞんざいな調子で、光也が言い放つ。

普段は、上級生に失礼な態度を取ったりはしないのに、浅木の無礼で高慢ちきな言動によほど腹を立てたとみえる。

「おばけを語れば、おばけが出る。あんた、でたらめを口にしたつもりで、幽霊の本当の因縁に、当たらずとも遠くはないことを広めたものだから、呼んでしまったんだ、きっとね」

光也は軽蔑《けいべつ》をあらわにしながら、付け加えた。

「寂しい霊が、自分に気づいてくれたと思い込んで、やってきたのさ」

「……お前、正気か?」

浅木も、喧嘩《けんか》腰になっていた。

あわてて智佳が止めに入ろうとしたけれど、それより先に、光也が追い打ちをかける。

「ロザリオの幽霊が訪ねてきたのは、おそらく、あんたたち社会学研究会のメンバーばかりなんだろう? ほんとかどうかは知らないが、心療内科に入院するはめになったやつもいるといううわさ聞いたよ」

光也の指摘に、浅木はあきらかにひるんだ。

この反応からしても、相当痛いところを突かれたらしい。

「まだ、あんたは視てないらしいね。でも、首謀者が無傷でいられるわけがない。きっと、やってくる」

冷笑とともに光也が告げる。整った面立《おもだ》ちであるだけに、よけいきつく感じられた。

「せいぜい、震えあがるがいいさ」

「帰れ、帰ってくれ！」

とうとう、浅木が激発し、怒鳴《どな》りだした。

（もう、刺激しちゃって！）

（ごめん、ヤなやつだったから、つい……）

智佳とささやきかわした光也は立ち上がった。

「はいはい、帰りますよ。知りたいことは、だいたい聞いたからね」

「おう、とっとと行っちまえ。これから、実験成功の祝賀会なんだ。部員以外はお断りだ」

浅木の罵声《ばせい》に送られながら、光也は智佳の肩を押すようにして、出入り口に向かった。

ただし、聞こえよがしの捨てぜりふは忘れない。

「ああ、くさい。他人をだまして恥じないやつの饐《す》えた臭いが、ぷんぷんするよ。もう、うんざりだから、早く出ようよ、智佳ねェ」

これを聞いた智佳は、まったくオトナげないんだからと言わんばかりに、深いため息をついた。

6

社会学研究会の部室から追い出された光也と智佳は、岸田教授の研究室に戻った。が、ドアに鍵はかかっていないのに、部屋のあるじがいない。

「先生ならやりそうなことだけど、本当に不用心だね。貴重な資料とかも置いてあるんでしょう?」

光也に尋ねられた智佳は、変な顔をして、視線を宙にさまよわせた。ややあって、言いづらそうに応じる。

「まあ、その、わたしや先生にとっては、かけがえのない古文書や稀覯本《きこうぼん》もあるにはあるわ。でも、そのう……」

「ドロボーが喜ぶような、世間一般で価値のある品はないってことか」

納得、というふうにうなずいた光也は、智佳の肩を、ぽんぽんと叩いた。それから、軽く首をかしげてみせる。

「しかし、無情センセはどこに行ったんだろう。いつも研究室にこもって、研究ざんまいなのに」

「ぼくが先生にお願いして、来ていただいたんだよ、光っちゃん」

ふいに、背中で音也の声がした。

びっくりして振り向いた二人の視線の先に、岸田と音也が立っている。

「来ていただいたって、どこに？」

智佳の質問に、音也が答えた。

「ずっと調べものをしていた『郷土史と天文の博物館』に。ぼくじゃ、らちが明かないことだったので、ね。ただ……」

言葉を切った音也は、困ったように頭をかいた。さらさらの前髪が大きく揺れる。

「まさか、先生があんな強引な交渉をなさるとは思いませんでした。あの学芸員さんが味方してくれたからよかったものの」

音也のようすからすると、博物館側に何か頼んだらしい。それも、岸田が「無情センセ」の本領を発揮したのか、かなり傍若無人《ぼうじゃくぶじん》なやり方をしたとみえる。

「なに、幽霊目撃のうわさが流れている以上、ことは急を要すると考えたものでね」

身を縮めている音也をよそに、澄ました顔でうそぶいた岸田は、智佳と光也に視線を注いできた。

「それよりも、社会学研究会はどうだった。何か、つかめたかな?」

教授と音也がつかんだことを知りたいのはやまやまだったが、その気持ちを抑えて、智佳が報告した。

星洋院大学八番目の七不思議は、社会学研究会の部長浅木のフィクションだったこと。にもかかわらず、一部には、戦争中に本当にあった哀《かな》しい話が反映されていること——。

簡潔でありながら要を得た、頭の良さを感じさせる話しっぷりである。

途中、音也が、現在では星洋院大学水石町キャンパスになっている敷地の一角に防空壕があり、そこで女学生が重傷を負って、のちに亡くなったのは事実だと、調査の結果から補足した。

「ほう、ほほう」

智佳が語り終えると、口癖になっている独特の嘆声《たんせい》をあげながら、岸田が身を乗り出す。

「面白い。幽霊譚《たん》をでっちあげたつもりが、本物を呼び寄せるはめになってしまったわけか」

「自業自得ですよ。あの浅木ってやつ、幽霊に取《と》り憑《つ》かれてしまえばいいんだ」

光也が不穏な感想を洩らす。よほど浅木が気にくわないのだろう。

その光也に、岸田が問いかけた。

「で、君は感じたのかね。社会学研究会の部室で？」

「え？」

「霊を感じたかと訊《き》いているのだよ。音也くんほどではないにせよ、君だって視えるんだろう」

「そう言われると……」

光也は首をひねった。

記憶をまさぐっているといった表情になったのちに、ようやく答える。

「それらしいものは、まったく。オレには、霊は感じられませんでした」

「どういうこと？　音くんは強い波動を受けたと言ってたのに。幽霊はいないの？」

「待ちたまえ。結論を急ぐのは早いぞ」

岸田が、とがったあごの先を撫《な》でながら、智佳をたしなめた。

「可能性は二つある。社会学研究会の実験とやらには、まだ裏があって、幽霊騒ぎが続くようにからくりを仕掛けていると考えることもできよう」

講義口調になった岸田に、光也が同調した。

「有り有り！　あの浅木ってやつなら、それぐらいやりかねないよ」

「はは、そう急《せ》いてはいけない」

ノーブルな微笑をひらめかせつつ、岸田がつぎの推理を述べる。

「とはいえ、音也くんが霊の存在を感じたのだ。幽霊はいないと断言するわけにもいかん。たまたま、部室に居合わせていなかっただけで……うん？」

教授の声音《こわね》に不審が混じったため、光也と智佳は、その視線の先を追った。

音也が、岸田の言ったこともうわの空といったふぜいで、窓の外を凝視している。

宵闇《よいやみ》が迫りつつあった。

「何？　何かあるの、音くん」

智佳の問いかけに、音也は低い声で応じた。

「ほんの少しですが……感じます。近づいてきているよ」

その答えがきっかけになったかのごとく、音也の頬が、みるみる白くなっていった。

「先生……同じです。七不思議の会のときと同じ波動だ」

「霊が現れたのか！」

顔色を変えた岸田が叫ぶと、光也も大きくうなずく。

「オレもだ。ぼんやりとだけど、霊が出てきたのがわかります」

そう言っているうちに、音也が震えだす。

「動いている。どこへ行くんだ……」

その言葉を耳にした岸田の眼に、鋭い光が宿った。

「栃内くん、社会学研究会の連中は、部室で実験成功の祝賀会をやるということだったね」

「はい、今夜……あっ」

教授が示唆《しさ》していることに気づいた智佳が、短い叫びをあげた。

「そうだ。霊というものは、自分を気にかけている人間のところに寄ってくる。たとえ、悪意を持った語られようだったとしても」

「じゃあ、幽霊ばなしを利用したあいつらを祟りに来たんだ！」

光也が思わず口にしたことに、うつむいていた音也が顔を上げた。

「行きましょう、先生。光っちゃんも……彼らを……ううん、彼女を助けてあげなきゃ」

音也の発言に、智佳が血相を変える。

「駄目、音くん。光くんも……そんなに力を使ったら……」

岸田を気にしてか、あやかしになっちゃうよ、という言葉の後半をあやうく呑み込んだ。

しかし――。

つぎの瞬間、教授は驚くべきことを口にした。

「そうだ。いくら、ひとを助けるためとはいえ、自らを犠牲にしてよいということにはならない」

唇を噛《か》んでいた音也が、岸田を注視する。光也も息を呑み、緊迫した、短い沈黙が訪れる。

最初に声をあげたのは、智佳だった。

「先生……まさか……」

「君、自分の師匠をみくびるものではない。だてに、長年研究を重ねてきたわけではないぞ」

岸田教授は、パソコンや机に積み上げられた古文書を指さした。

「相模原の一件以来、君たちの生まれた地方の伝説や伝承をしらみつぶしに当たってきた。よほど秘密にされていたらしいが、幕末に作成された古記録《こきろく》にあったよ」

「じゃあ、先生、オレたちのことを……」

光也の嘆声に、岸田が大きくうなずいた。

「あやかし筋のものは、ときに、おのれがあやかしと化し、災いをなす。早ければ、十代の末に魔となってしまうのだ、と」

「みんな、ご存じだったんですね」

智佳の問いかけに、教授は肩をすくめた。

「普通なら、何かを表象《ひょうしょう》した伝説だろうと推理するところだ。が、現実に、力を持った学生が眼の前にいるのだから、それは本当だと考えざるを得ないし、また最悪の事態を避けるべく、努力しないわけにはいかない」

岸田教授は、正面から音也を見据えて、言った。

「いいかね、音也くん。まず、自分を大切にしたまえ。君が動かなかったとしても、誰も責めやしない」

日ごろの岸田からは想像もできない、真剣な表情での忠告である。

けれども、音也はかぶりを振った。

「できません、先生……そういうわけにはいかない」

「なぜかね？」

いぶかしげに尋ねた教授に、答えが返された。

「放っておけないんです……七十年も、苦しくて、悲しいままでいるひとなのですから……」

相当、霊の圧力を受けているのか、きれぎれではあったものの、きっぱりと言い切った。

ついで、光也を見やる。

「行こう、光っちゃん。誰かを救える力を持っているのがぼくたちだけなら……逃げるわけにはいかないよ」

いつもおとなしく、控えめな音也とは思えない、決然たる宣言だった。

7

盛り上がらない宴会だった。

ビールに缶チューハイ、ソフトドリンク、つまみもフライドチキンやポテトチップスなど定番がそろっているのに、今ひとつ会話がはずまない。

プラスチックの使い捨てコップに紙皿と、味気ない食器を使っているからばかりではないだろう。

十人ほどの部員が開いた社会学研究会の実験成功祝賀会は、お通夜を連想させる雰囲気《ふんいき》になっていた。

いや、通夜ぶるまいの席だったら、故人の愉快なエピソードに、ときおり談笑が洩れたりするから、そちらのほうがまだましだったかもしれない。

結局のところ、オカルト研究会を騙《かた》って集会を開いた後ろめたさ、その結果、何人かが幽霊を視るはめになった恐ろしさが、おのずから部員たちを沈鬱《ちんうつ》な気分にさせているのだった。

「おいおい、みんな、なんでしゃべらないんだい」

コップのチューハイを一気に飲み干した浅木は、陽気なふうをよそおって、声を張りあげてみせた。もっとも、語尾がうわずっているから、彼の配慮も空まわりになったといえる。

実際、コップにチューハイを注ぎ直して、乾杯をうながした浅木に従うものはなく、返ってきたのは冷たい視線だけだった。

そもそも、八番目の七不思議を捏造《ねつぞう》し、デマ伝搬の実験をやろうと言いだし、嫌がるみんなを引っ張ったのは、浅木だった。

ところが、その試《こころ》みが思いもかけなかった事態を招いたというのに、浅木は反省もしなければ、収拾策《しゅうしゅうさく》を考えることもしない。

それがわだかまっているのだ。

「なあ、乾杯しようよ。いいデータが取れたんだ。河辺《かわべ》先生も、レポートにまとめたら、紀要に載せることを考えるって言ってくれたし」

顧問になっている社会学科の准教授の名前を引きあいに出しながら、コップを掲げる。

その浅木に、誰かがぼそりと言った。

「でもさ、幽霊の件はどうするんだよ」

これを聞いたとたんに、アルコールで赤くなっていた浅木の頬に、さらに紅が差した。むろん、怒りの表れである。

「馬鹿なこと言うなよ、幽霊なんかいるわけないだろう」

「だけど、加納は入院したぜ」

髪を短く刈った男子学生が、遠慮がちに反論した。

横にいたポニーテールの女子学生もうなずく。

「あたしも視たわよ。窓の外に、お下げ髪のモンペを履いた女学生が立っていたんだから……」

思いだすのも嫌だという顔で呟いてから、ぶるっと身を震わせた。彼女は、ひとに聞かされただけでなく、自分が視てしまったのだ。

「いいかげんにしろよ！」

たまらず、浅木が声をあげた。ひどく顔をしかめている。

「いいか、仮に幽霊がいるとしても、うわさになっているようなやつは出るはずがない。お前らも知ってるだろう？　あの空襲にやられて死んだ女学生がロザリオを探して、化けて出るなんて、俺のつくり話なんだから」

そう断言して、みなをにらみつけた。

あながち理屈がつかない主張でもないので、部員たちも口をつぐんでしまう。

そのため、重苦しい静寂が部室を包んだ。

針を落としても気がつく、という表現のままの沈黙だった。

それに耐えかねた浅木が、何か言おうとした矢先に――。

ノックの音がした。

全員が、いぶかしげな表情を浮かべる。

奇怪なことだった。

社会学研究会の部室は、学生会館の四階にある。

一応は鉄筋コンクリートづくりだが、リノリウム張りの床が安普請《やすぶしん》なのか、廊下はよく足音が響く。

だから、いくらほろ酔い気分になっていたとしても、近づいてくるひとがいれば、すぐにわかるはずなのだ。

にもかかわらず、そんな物音はしなかった。

だとしたら、ドアの向こうにいるのは……。

部員たちは、誰もが、そのような想像をしてしまい、真っ青になっていた。

だが、浅木だけは、さすがに部長だけあって、両手でぴしゃぴしゃと頬を叩いてから、

「どうぞ」と廊下のほうに向かって、声をかけた。

全員がかたずを呑んで、出入り口を凝視する。

——ドアは開かなかった。

けれども、白い影が、灰色のドアに浮かびでて、ひとのかたちになる。

ロングヘアの女子学生が金切り声をあげた。

無理もない。

白い影は、今や、お下げ髪にモンペの姿、すなわち戦時中の女学生の姿に変わっていたのだ。

その面差《おもざ》しは、可憐《かれん》で美しいとさえいえる。

ただ、なんとも寂しげな印象を与えた。

「何だ、なんなんだよ、お前!?」

もはや恐怖を隠すことができなくなった浅木が、絶叫した。

女学生は答えない。

足をひきずるように、一歩前に進み出て、逆に問いかけてきた。

「あなたがたね、わたしを呼んだのは……」

長いまつげをしばたたかせて、呟く。

「嬉《うれ》しいわ、ひさしぶりにわたしのことを思いだしてくれて」

「よ、呼んでなんかいない。帰れ、帰ってくれっ」

短髪の男子学生が、気丈にも言い返す。

女学生、いいや、その幽霊は微笑《ほほえ》んだ。

澄明《ちょうめい》で、それだけに恐ろしい表情である。

「ふふっ、うそばっかり。あんなにお話ししていたじゃない。空襲で死んだ、かわいそうな女学生が、なくしたロザリオを探して、さまよっているって」

幽霊は、さらに歩み出た。

「ねえ、お願い。いっしょにロザリオを探して?」

彼女の問いかけが、パニックの引き金になった。

部員たちが、いっせいに立ち上がり、幽霊とは反対の側に殺到する。

椅子やテーブルが倒れ、紙皿やスナック菓子が飛び散る。こぼれたビールやウーロン茶が小さな水たまりをつくった。

進み出た幽霊は、その上を通り過ぎる。

水もはねず、足が濡れているようすもない。

女学生の姿をした霊が、この世ならぬものであることを示す、何よりの証左であった。

震えあがった部員たちは、窓辺に固まる。

幽霊の背後にあるドアを除けば、唯一の外部への通路だ。

しかし、誰もが絶望の表情を浮かべずにはいられなかった。

ここは四階、窓を開けても、とても飛び降りられるものではない。

獣じみた唸《うな》り、すすり泣きに、鈴の音に似た声が重なった。

「ねえ、どこ……わたしのロザリオはどこなのかしら。あれがないと、天国にゆけないわ。ああ……でも、いっそあなたがたも……」

笑声が響く。

軽やかであるために、いっそう耳をふさぎたくなる、生者ならざるものの声だった。

「わたしといっしょにいく？　暗い、じめじめした、哀しい場所に……」

「嫌、いやーっ！」

泣き声をあげたロングヘアが、その場に座りこんでしまった。

けれども、誰も来ない。

この学生会館にも警備員がいるし、近くの理学部棟には、途中でやめられない実験をしている学生が詰めているだろうに、誰かが、この信じられない事態に気づいたようすはなかった。

あるいは、何か、超自然的な力で、部室が閉ざされてしまっているのだろうか。

「駄目だ、開かない」

無駄だと知りながら、窓を開けようとしていた浅木が呻《うめ》いた。

掛け金をはずし、顔が真っ赤になるほど力をこめたというのに、アルミサッシの窓は少しも動かない。

「ロザリオはどこ？　わたしのたいせつなロザリオは……肌身離さずに持っていたのに、防空壕でなくしてしまったの」

哀願するような口調で、霊は部員たちに語りかける。

「……返して。あなたたちは、そんなに幸せそうじゃない。おなかいっぱいにごはんを食べて……綺麗《きれい》な着物をつけて、空襲にびくびくしないで、生きていられて……」

とうとう、幽霊は、部員たちから二メートルほどのところまで迫った。

「あ、あう……あうう」

浅木が、だらしない呻きをあげながら、床にへたりこんだ。あまりのことに、腰が抜けてしまったのだろう。

「返してよ、わたしのロザリオを……返して」

「持ってない。ロザリオなんか持ってないわ。本当よぉっ！」

ポニーテールの女子学生が悲鳴をあげた。その横では、ロングヘアが泣きじゃくっている。

「ちくしょう、出ていけっ」

勇敢にもこぶしを振り上げたのは、短髪の男子部員だ。

しかし、彼は、すぐに無謀な行動を後悔することになった。

幽霊がそちらを向き、哀しげな微笑を投げると、短髪は、見えない手ではじかれたように、壁に叩きつけられ、その場にくずおれたのである。

「ごめんね、でも……もういじめられるのは嫌なの」

かすかな声で呟いた幽霊は、両手を部員たちにさしのべた。

「ロザリオをちょうだい。返してくれたら、何もしないわ……」

しりぞく余地などすでになくなっていると知りながら、部員たちはあとずさった。が、無情にも、冷たい壁が背中に触れて、退路をふさぐ。

もはや悲鳴をあげることすらできないありさまで、歯の根が合わず、がちがちと耳ざわりな音を立てている。

「返して……ねえ、お願い……返してよ」

幽霊の透き通った指先が、いよいよ部員たちに触れるかと思われたとき——ドアが激しく叩かれた。

8

岸田教授を先頭に学生会館に乗り込んだ桜守兄弟や智佳たちは、一気に階段を駆け上がると、社会学研究会の部室に突進した。

真っ先に岸田がドアノブに手をかけるが、いっこうに動かせない。

「どういうことだ。カギがかかっているというより、ドアノブ自体が回らんぞ」

不可解な事実に顔をしかめた教授に、音也がささやきかける。

「……中にいますよ。強力な念を感じます」

やや息を荒くしながら、さらに説明する。

「もう寂しいのはいやだ、安息が欲しいという感情が伝わってくるんです」

「オレもだ、なんだか泣きたいような、すごく哀しい気持ちがする」

苦い表情になった光也も同調した。

「早く救ってあげなきゃ……ごめん、先生。そこ、どいてください」

岸田を押しのけた光也は、両手首の内側を合わせると、開いたてのひらをドアノブに向けた。眼を閉じて念じたのちに、気合いをかける。

ややあって、ひとりでにドアノブが回った。

「ほう、ほほう！」

まさに常識を超えた現象とでもいうべきありさまを目撃して、岸田が嘆声をあげる。

だが、それどころではない。

体当たりさながらに部室内に躍《おど》り込んだ光也に、音也や教授、智佳も続く。

しかし、部室に入った瞬間、智佳が立ちすくんだ。

お下げにモンペという戦時中の女学生姿。

いや、何よりも、うっすらと透き通っているかのようにみえる、はかない輪郭《りんかく》が、こちらに背を向けている少女が、生きて、血を通わせている人間でないことを如実《にょじつ》に物語っていた。

「……何たる幸運！　相模原で心霊現象を体験したばかりだというのに、またしても幽霊を実見できるとは……」

時と場合を心得ぬ感想ではあったが、これが研究者の性《さが》というものか。

恍惚《こうこつ》としていた岸田教授が、熱に浮かされているがごとくに呟く。

それを耳にしたのか、女学生の幽霊は、ゆっくりと振り向いた。

「本当、寂しそうだわ」

智佳が思わずひとりごちた。

そのぐらい、女学生の整った顔は、憂《うれ》いと悲しさにみちみちている。

ただ、幽霊の視線の圧力をまぬがれたことで、少しは気力を取り戻したのか、声も出せずにいた社会学研究会の部員たちがいちように叫びだした。

「助けて！　助けてぇ……」

「幽霊だ。俺たち、祟られてるんですよぉ」

「無情センセ、退治してくださいっ」

自分たちのしでかしたことも忘れて、恥も外聞《がいぶん》もなく助けを求める学生たちに、岸田が軽く眉をひそめた。

が、すぐに桜守兄弟に言う。

「私が命じることはできない。君たちの自発的意志にすがるしかないのだが……」

「命令なんかいらないよ」

教授の言葉をさえぎり、光也が力強い口調で答えた。音也も大きくうなずく。

「まかせといて、先生！　オレたちにしかできないことに知らんぷりを決め込んでたら、智佳ねェにこっぴどくどやされちゃうからねっ」

にっこり笑って、光也は胸を叩いた。

「光くん……音くん」

涙ぐんだ智佳に軽く手を振り、光也が叫んだ。

「音ちゃん、あいつを……あのひとを警戒していてくれよ」

そう頼みながら、前に進み出た光也に、音也が注意する。

「気をつけて、光っちゃん。相当、強烈な想いが残ってるから」

音也の言ったことを聞いた幽霊は、やや首をかしげ、問いかけてきた。

「あなたがたはだあれ？　わたしのお友達？　それとも……」

黒い瞳に、負の感情が宿った。

「わたしをいじめるひとたちかしら。あなたがたとちがう神さまを信じているからと、わたしの靴を隠したり、陰《かげ》でひどいうわさを流したひとなの？」

細い眉の端が吊り上がった。同時に、部室が揺れだし、やがて大きな震動に襲われる。

立っているのが難しいほどで、事実、部員たちの何人かは床に膝をついてしまった。

「凄い。こんなに激しいポルターガイスト現象は、今まで報告されていないぞ」

岸田の驚く声を背中に受けながら、光也は腰を落とし、じりじりと進んだ。

けれども、あるところから先には進めない。

眼には見えないが、幽霊から、自分のそばには寄せつけないという意志の波動が発せられ、それが物理的な力になっているらしい。

「ええい、これならどうだ！」

光也は、再び両手首の内側を合わせ、幽霊に向けた。

開いたてのひらから、白い光がほとばしったかのごとく感じられる。

だが、それは、幽霊の手前で消えてしまった。

「やっぱり、わたしをいじめるのね。でも、もう……黙ってはいなくてよ」

幽霊が呟くとともに、光也がはねとばされた。

後方二、三メートルほどのところで床を転がり、かろうじて受け身を取る。

すぐさま立ち上がったものの、光也の顔には、いいいらしくない焦りの表情が浮かんでいた。

「こんなの初めてだ。なんて強い念なんだろう」

唸る光也に向かって、幽霊が一歩進み出た。

「許してね、痛くしたりして……だけど、邪魔しないで。わたしはロザリオを探しているだけなの……神さまにお祈りして……おすがりするために……」

哀切な言葉を洩らしながら、幽霊は両手を上げる。

光也が息を呑んだ。

すぐに両腕を前に構え、防御体勢になるが、その面持《おもも》ちからは、しのげるかどうか不安に思っているのが読み取れる。

「逃げて、光くん！」

智佳の叫びも空《むな》しかった。

唇を噛んでいる光也に、幽霊が語りかける。

「あなたも一緒に探して……わたしのいる世界に来て……ロザリオを……」

おぞましいせりふに、全員が凍りついた瞬間であった。

が、それから一拍置いて——。

「およしなさい、早苗さん」

音也が割って入った。かすれてはいるけれども、しっかりした声音だ。

幽霊が、いぶかしげな視線を音也に注ぐ。

「……あなた、わたしを知っているの？　わたしのことを……」

「ええ、あなたのお友達が、ちゃんと書いていてくれましたよ。短くて不幸な一生を送った前川早苗さんのことを」

これを聞いた幽霊の顔に、あでやかな笑みが浮かんだ。今までの寂しさが晴れたような笑顔だった。

「きっと、みっちゃん……道子《みちこ》さんね。いちばんの仲良しだった……」

「そうですとも。だから、悲しむのをやめてください。あなたは、とても惜しまれていたのです」

幽霊に語りかけながら、音也は教授に目配せした。

岸田は心得たと、内ポケットから何か取りだす。

「受け取れ、光也くん」

投げられたものを空中でキャッチした光也は、てのひらの上の品をあらため——眼を瞠った。

ロザリオ。

十字架とわずかばかりの飾りがついた鎖《くさり》しか残っていないが、たしかに、それはロザリオだった。

その証拠に、幽霊は引き寄せられるようにして、光也に近寄ってくる。

「わたしのロザリオだわ……空襲で防空壕に爆弾が落ちてしまったときになくしてしまった……わたしのロザリオ！」

喜びの言葉を受けて、光也はロザリオを差し出しかけた。だが、本当に渡してしまってよいものか、一瞬ためらったところを、音也が励ます。

「いいんだ、光っちゃん。彼女に返してあげて」

「うん、わかったよ。音ちゃん」

光也は、幽霊の両の手に、そっとロザリオを落とした。

幽霊は、それを額に掲げ、祈りを捧げる。

「神さま……感謝いたします。御手《みて》をさしのべてくださったおかげで、わたしのロザリオは返ってまいりました」

そのとき、光也が幽霊の肩に手をかけ、ゆっくりと抱き寄せた。

あたかも恋人同士であるかのような、美しき一対《いっつい》になる。

光也は、幽霊の耳元でささやいた。

「お帰りなさい。あなたが本来いるべきところに……そこで安息が得られるように……」

幽霊が、かすかにうなずいたかに見えた。

白いシルエットが薄くなり、女学生の姿が宙に消えていく。

ロザリオが床に落ちて、硬い響きをあげる。

彼女が完全に帰ったとき、ありがとう、とかそけき声で礼を述べていったと、光也には思われた。

それは錯覚だったかもしれないが――。

9

「うう、ひどい。ビールとチューハイの臭いがする」

岸田の研究室に引き上げてくるなり、光也がぼやいた。

霊にはねとばされて、受け身を取った際に、床にこぼれた飲み物の上を転がってしまったのである。

「ちょっとだけ我慢しなさい。活躍したごほうびに、わたしが着替えを買ってあげるから」

かいがいしくコーヒーを淹《い》れていた智佳が、光也に約束した。とはいえ、「安いのをね」と付け加えることは忘れていない。

「いや、そこそこの服を買ってもかまわないよ。代金は、私が払おう」

教授の鷹揚《おうよう》なせりふに、光也が顔を輝かせる。

「まったくご苦労だったよ、光也くん、音也くん」

上機嫌に話しかける岸田に、音也がため息をついた。

「社会学研究会のひとたち、今夜のことをしゃべったりしませんかね」

「心配性だな、音也くんは」

岸田が肩をすくめた。

「あれだけ怖い目に遭ったんだ。もう懲《こ》りただろう。それに、きっちり釘《くぎ》を刺しておいたからな」

たしかに、教授は、なんという不祥事《ふしょうじ》を起こしたのかと、浅木以下の社会学研究会の面々を一喝し、こんなことがあかるみに出たら退学処分になるぞとほのめかした。

そうして、脅しをかけた上で、だが、いっさい他言しないと約束するなら、私の胸にしまっておいてやると恩に着せて、帰ってきたのである。

「でも、わからないことが一つあります。どうして先生は、あの女学生、早苗さんのロザリオを持っていらしたのですか」

コーヒーを配りながら、智佳が訊いた。光也も、同感の意を示す。

「あ、オレも、それ知りたいです。戦争中になくなったものが、ひょいと現れるなんて、手品みたいだったし」

「なに、あれの在りかをつきとめたのは音也くんだよ。説明してあげたまえ」

教授にうながされた音也は、照れくさそうにしながら、どうやってロザリオにたどりついたかを話しだした。

「『郷土史と天文の博物館』で、片っ端から郷土史の本に当たっているうちに、綾瀬高等女学校の生徒だったひとの手記を見つけたんです。その記述で、前川早苗さんという勤労動員中の女学生が空襲で受けた傷がもとで亡くなったこと、また、大事にしていたロザリオをなくして、とても悔やんでいたことが事実であることを確認できました。でも……」

音也は眉を寄せて、何度もかぶりを振った。

「正直、とほうにくれましたよ。もし、社会学研究会のメンバーのもとに現れたのが早苗さんの霊だとするなら、ひょっとしたら光っちゃんの力でも帰してあげられないかもしれないと思いました」

「うん、すさまじい力を持った霊だったから……」

コーヒーをすすっていた光也が、首のあたりがすうすうするというふうな面持ちで応じる。

「だったら、彼女の執念の対象であるロザリオを見つけなければなりません。でないと、早苗さんはいつまでも星洋院大学とその周辺をさまようことになる」

「で、どうしたの、音くん。どうやってロザリオを見つけたの？」

興味しんしんという口調で尋ねた智佳に、音也がけんそんする。

「ぼくの手柄じゃないんだよ、智佳ねェ。博物館に、すばらしく博識の学芸員さんがいて、教えてくれたんだ。まだ、ここが三峯製紙の敷地だったころに、防空壕跡の学術調査が行われたことがあるって」

「へえ！　それで、ロザリオが見つかったのか」

光也が先回りして、感嘆の声をあげた。

「そう、光っちゃんの言う通り。問題のロザリオを含む、防空壕跡から見つかった品々は、戦時中の歴史を物語る貴重な資料として、『郷土史と天文の博物館』の収蔵庫に保存されていたんだ」

「けどさ、そういうのって、簡単には貸し出してくれないんじゃないの？」

兄の反問に、音也は複雑な表情になった。

「……普通なら、大学から貸し出し手続きを送って、博物館責任者が会議にかけて決定するから、少なくとも半月はかかると言われた。異論が出たら、もっと待たされるって。ただ……」

途中で口をつぐんだ音也は、意味ありげな視線を教授に注いだ。岸田は、にっと笑ってから、あとを引き取る。

「私が、紳士的に、かつ情理《じょうり》をつくして説得した。おかげで、こころよくロザリオを借りてくることができたよ」

智佳と光也は、よほど無茶苦茶なごり押しをしたのだと思ったものの、もちろん口には出さなかった。敢えて訊かなくても、音也の渋い顔で充分にわかる。

そのまま、一同はしばらく事件解決のあとのコーヒーを楽しんでいた。

が、ややあって、岸田が愉快そうに口を開く。

「実に、貴重な体験をさせてもらった。この眼で幽霊を視た上に、君たち兄弟が力を発揮する場面に接したのだからな。学者として、こんなに幸せなことはない。しかも」

言葉を切って、意味ありげな表情で黙り込む。釣られて、桜守兄弟と智佳は声を合わせた。

「しかも？」

「新しい、重要な研究テーマが決まった」

一息おいて、岸田が告げる。

「あやかし筋の者が、存分に力を振るいながら、しかし、自らがあやかしにならない方法を見つけだす。緊急に究明しなければならない問題だな」

「先生、素敵！」

智佳の歓声に、教授は小粋なウインクで答える。

光也と音也は顔を見合わせ——にっこりと笑った。

第三話
笑う生き人形

1

少なくとも二十畳《じょう》はあると思われる広間だった。

障子を閉め切り、庭から差し込んでくる光をさえぎっているから、室内はほの暗くなっている。

参集しているのは、男が三人と女が二人。

やや白髪が目立つふぜいの中年男性と、普通にしていても、どこか翳《かげ》りを感じさせる二十代なかばぐらいの女性。

側頭部だけにかろうじて髪が残っている、脂《あぶら》ぎった壮年男性は、待ちきれないといわんばかりに、しきりに貧乏ゆすりをしていた。

しかし、残りの男女一対《いっつい》、岸田《きしだ》有情《うじょう》教授とその弟子《でし》である星洋院《せいよういん》大学大学院生栃内《とちない》智佳《ちか》の視線は、床の間の前に据えられた長方形の筐《はこ》に向けられたまま、少しも動かない。

高さ百七十センチ、幅は五十センチほどもある、桐《きり》でつくられているとおぼしき、大きな筐だ。その正面が観音《かんのん》開きの扉になっていた。

ちょうど、棺《ひつぎ》を立てかけたようである。

見るものに、そんな想像をさせずにはおかない細工物ではあった。

扉に、いかめしい南京錠《なんきんじょう》がかけられているのもまた、異様さをかきたてている。

「川波《かわなみ》さん、岸田先生、栃内さんも」

床の間に向かって左手に、行儀良く正座していた白髪の男性——この古風な屋敷のあるじ、雨宮龍夫《あめみやたつお》が、反対側に並んだ客人たちに、いちいち、ていねいに会釈《えしゃく》した。

おのずから、品のよさが伝わってくる風貌《ふうぼう》をしているが、同時に、どこか気弱なものを感じさせる。

「このたびは、当家までご足労いただき、まことに有り難うございました。ご覧の通り、そこにあるのが、雨宮家の『生き人形』でございます」

折り目正しい口上に、野卑《やひ》な声が応じた。

「とうとう、お目にかかれるというわけだな。雨宮さん、そう焦《じ》らすものではないよ。とっとと見せてくれないか」

禿《は》げた男、川波康太郎《こうたろう》が身を乗り出した。

その拍子に、今どき悪趣味な金張りの腕時計が、手首からのぞく。

龍夫の横に座っていた寂しげな女性、彼の一人娘である由利子《ゆりこ》が、眉をひそめたのを眼にして、岸田が割って入った。

「いや、こういうことは、順序を踏んだほうがいいですね。私たちはまだ、言い伝えのあらましを聞いただけですし、あらためて詳しくお話しください」

「岸田先生とやら、因縁ばなしなんか、あとでも……」

いいだろうと反対しかけたらしいが、川波は途中で口をつぐんだ。

教授の、冷ややかで、しかも、なかなか威厳のある一瞥《いちべつ》をくらったからである。

「ふむ。さすがに、奇怪な現象には一家言《いっかげん》あるお方だ。わざわざ東京からおいでいただいた甲斐《かい》があります」

雨宮龍夫はうなずくと、不服そうな川波を片手で制したのちに、とつとつとした調子で、不思議な話を語りはじめた。

「わが雨宮家の六代目の当主に起こったことだそうです。ときは文政《ぶんせい》年間というから、今から数えて二百年ほど前になりましょうか――」


雨宮家は、江戸《えど》中期に絹づくりで財をなした、信州岡谷《おかや》の旧家であった。その富貴《ふうき》は、地元ばかりでなく、江戸や大坂《おおさか》にまで聞こえたものだったという。

こうした、代々、富をたくわえていった家の当主には、ときに、卓越した美意識の持ち主が生まれる。

雨宮家六代目の徳之介《とくのすけ》も、その一典型だった。

持って生まれた感覚を、何不自由のないぜいたくな暮らしで磨きあげた結果、趣味人の世界では名高い存在になったのである。

実に十代のころから、書画の目利きで知られ、骨董屋《こっとうや》に鑑定を頼まれることも珍しくなかったというから、これは普通ではない。

自分でも彩管《えふで》をふるって、優れた絵をものし、それらのいくつかは、後年、長野県の美術館に収められることになる。

しかし——徳之介は美に淫《いん》しすぎた。

悲劇は、北縄手蛇丸《きたなわてへびまる》と名乗る稀代《きたい》の人形師に彼が出会ったことからはじまる。

蛇丸のつくったネズミの人形は、猫が本物と思い込んで、襲いかかる。

蛇丸が刻んだ像に見とれていると、にっと微笑《ほほえ》み返してくる。

そんな嘘《うそ》とも本当とも知れぬ評判を聞いた徳之介は、興を覚えて、蛇丸を岡谷の屋敷に招き、逗留《とうりゅう》させた。

幸か不幸か、蛇丸の技量はうわさ通り……いや、うわさ以上だった。

彼がつくる、まるで命を宿しているかのごとき童子や少女の人形、いわゆる生き人形のみごとさに、徳之介は、すっかり魅せられてしまった。

そして、ついに禁断の注文を発したのである。

この世でいちばん、いかなる現身《うつしみ》の女性《にょしょう》をもしのぐ、美女の生き人形をつくれ、と。

徳之介のなみはずれた審美眼を知るようになっていた蛇丸は、望むところとばかりに、命に従った。

その日から、およそ二年余、蛇丸は寝食を忘れて、生き人形づくりに打ち込み、それが完成したときには、ほとんど重病人に近かったと伝えられている。

できあがった生き人形は、生身の女性を顔色《がんしょく》なからしめるがごとき美を備えていた。

これを初めて見て、声を失うほどに感動した徳之介に、蛇丸は注意を与えたという。

かの女は、現世《うつしょ》のものならざるがゆえに、尋常《じんじょう》でない美を有しておる。そこのところを、けっして忘れてはなりませぬ。現世の美ではないゆえに、魅惑されるのですぞ……。

蛇丸の忠告が、徳之介を案じてのものだったのか、それとも、自《みずか》らの匠《たくみ》のわざを誇っただけなのかはわからない。

いずれにしても、もう遅かった。

生き人形をひと目見ただけで、徳之介は魂《たましい》を奪われてしまったのである。

以後、雨宮家の主人の常軌《じょうき》を逸《いっ》した行動が、岡谷のひとびとのあいだでささやかれるようになっていった。

徳之介は家業を放り出し、生き人形と土蔵に閉じこもって、朝も昼も夜も、そこから出てこなくなったのだ。

しばらくは、忠義な番頭《ばんとう》たちがなんとか店を切り盛りしていたものの、さしずする主人がいなければ、商売も自然と傾いていく。

やがて、愛想をつかして、いとまを乞《こ》い、よその店に移る手代《てだい》も現れた。

もちろん、内向き、家族のことも同様で、奥方も、さずかっていた四人の子供も、いっさい放置されている。

このようなありさまに、隠居していた先代がついに、事態の収拾に乗り出した。

心を入れかえ、家業に専念するならよし。

さもなくば、家督《かとく》を取り上げ、徳之介の長男を名目上の当主とした上で、生き人形を打ち壊す。

先代は、徳之介にそう言い渡した。

当然のことながら、倅《せがれ》が、生身の人間ならざる生き人形を捨て、正道に立ち返ると信じてのことだ。

けれども、徳之介は、すでに精神の傾斜を来《きた》していた。

先代に説諭《せつゆ》されたその夜、徳之介は、土蔵に中から錠をかけ、生き人形と心中をはかったのだ。

短刀で、人形の胸をひと突きしたのちに、同じ刃を頸筋《くびすじ》に押し当て、かき切ったのである——。

翌朝、かすかにただよってくる生臭いにおいに異変を感じ取った雨宮家のひとびとが、土蔵の扉を押し破り、二階にかけあがってみると、そこは一面血の海であった。

紅《あか》また紅のなかに、生き人形が、変わらぬ艶《あで》やかな笑みを浮かべて横たわっている。

そのさまは、おぞましくもあり、また美しくもあったということは、長い年月を経てなお、この地の語りぐさとなっている。

かくて、雨宮家を見舞った不幸は終わったかにみえたが……怪異はまだ続いた。

生き人形め、ひとの血を吸って、いよいよ本当の魔力を得たのであろうか。

妖気が凝《こ》りかたまり、魔と化したのか。

夜な夜な、誰もいないはずの土蔵の二階から、こつこつという足音が響いてくるのを聞いたものが続出したのである。

いうまでもなく、血をぬぐい、清めたあとの生き人形を、とりあえず仕舞い込んだ土蔵であった。

それればかりか、生き人形の手入れに土蔵へ行った使用人が、おののいているとも歓《よろこ》んでいるともつかぬ、異様な表情でこときれているのが発見される。

こと、ここに至り、雨宮家を仕切っていた先代は、ついに、人知のおよばぬ事態が生起《せいき》しているのを悟った。

もはや、ただ土蔵に収めているだけでは危険だ。

先代は、つてをたどって、さる高僧に封印の祈禱《きとう》をしてもらい、土蔵の奥にしつらえた部屋に生き人形をしまって、幾重にも錠をかけた。

本当は焼き払ってしまいたかったのだが、頼った高僧に、それをしては、かえって災いがおよぶと忠告されたのだという。

以後、およそ二百年もの長きにわたり、いかなることがあろうとも世間に出してはならぬという先祖の遺言とともに、生き人形は雨宮家に伝えられてきたのである――。

「これが、生き人形について、わが家で語りつがれてきたことなのです。先生のような学者さんには、笑われてしまうかもしれませんが」

雨宮龍夫は、恐縮しているとも、どうせわかってはもらえないというあきらめとも取れる言葉で、話を結んだ。

「いえ、伝説には往々にして、真実が秘められているものです。いちがいに否定することはできません」

感に堪えない、といった面持《おもも》ちで、岸田が応じた。

横で、智佳が何度もうなずいたところで、川波が急《せ》かす。

「さあ、もうよかろう。生き人形の話なら、なんべんも聞いているんだ。そろそろ、実物を見せてくれ」

ぶしつけな言いぐさだったけれど、今度は岸田も異を唱えない。ただ、疑問を投げかける。

「しかし……よろしいのですか。先祖代々の厳命を破って、封印を解いてしまっても？」

これを聞いた龍夫は、なぜか、捨てばちなように感じられる微笑をひらめかせつつ、答えた。

「今は二十一世紀ですからな。生き人形の魔力も消え失せておりましょう」

「そうそう！　万が一に備えて、心霊現象に科学的に対応することで知られた岸田先生をお呼びしていることでもありますし」

揶揄《やゆ》の色彩を帯びた口調で、川波が混ぜっ返した。

岸田は、やや不快そうに唇の端をゆがめたが、それ以上、食い下がりはしない。険《けん》のある表情で、川波を見やったのは、むしろ雨宮由利子だ。

ともあれ、頃合いよしとみたか、龍夫は、娘に目配せした。

由利子は一礼して立ち上がると、筺の前に進み出る。両手を合わせ、何かの文言を唱える。どうもお経らしい。

ついで、ふところから鍵を取りだすと、南京錠をはずした。

取っ手をつかみ、力を入れる。

錆《さ》びた金具がきしむ響きと、古い桐材がこすれる音とともに、扉が両側に入った。

瘴気《しょうき》がたちのぼった、と感じたのは、さすがに気のせいであろう。

ただし、ほんの一刹那《いっせつな》ではあったにせよ、おそろしく禍々《まがまが》しい波動が広間に流れたのは錯覚ではなかった。

しかしながら──つぎの瞬間、居合わせた誰もが、例外なく息を呑《の》んだ。

黒く濡《ぬ》れた眸《ひとみ》、紅色の薄い唇。

頬《ほお》からおとがいにかけてのあえかな線。

敢《あ》えて結い上げず、肩に下ろしたままの長い髪。

つまりは、生きて、息をしているとしか思えない女性が、その筺のなかに立っていたのである。

美しい。が、天上の美というような、理想化されたあり方ではない。

たとえるなら、人を創《つく》りたもうた神と、造形の腕前を競っているのだ。

幾百幾千の美女を連れてきても、われが刻みし生き人形ひとりのほうが優っていよう。

そんな作者、蛇丸の傲岸《ごうがん》な誇りが伝わってくるような人形だった。

なるほど、これならば、雨宮家六代目の徳之介が禁断の愛に囚《とら》われてしまったとしても、何の不思議もない。

自然にそう思えてくる。

ために、全員が黙り込んで、ひたすら生き人形を注視するばかりだったのだが――。

「素晴らしい！　これならば、わが川波美術館特別展の目玉になるぞ。入館者倍増……いやいや、三倍四倍だ」

夢幻《むげん》を吹き飛ばす、なまなましい感想を洩《も》らすと、場ちがいな大声で笑いだす。

俗物、という表現が、これほどふさわしい男も珍しいだろう。

それだけではなかった。

せわしなくまばたきしたあとの、その眼を見ると、ぎらぎらした欲望の光が宿っている。

川波のようすは、おのずから下劣な感情を伝えてきて、見るものに不快の念を催させるのだった。

「どうにも、気にくわんね。隠されていた品が世に出るのは結構だが、ああ、札束にものを言わせるようなやり口は好かない」

　顔をしかめた岸田に、智佳が眼を丸くした。

「珍しいですね。先生が、そんなに好き嫌いをあらわにされるなんて」

「イヤなものは嫌なのだ。芸術院会員になることを断った百閒《ひやっけん》先生の心境だ。あるいは、時の総理大臣西園寺公望《さいおんじきんもち》のサロンへの招待を断った漱石《そうせき》先生の気分である。時鳥厠半《ほととぎすかわやなか》ばに出かねたり、だよ」

「ええと、時鳥は漱石自身のことで、いくら誘われても、トイレの途中じゃ出られない、ということですね」

　どうした風の吹きまわしか、一昔前の文学青年みたいに、文豪のエピソードを持ち出してきた岸田をもてあましつつ、智佳が応じる。

　とたんに、教授はご満悦《まんえつ》になった。

「そのトーリ！　さすがに君は、私を指導教授に選ぶだけあって、教養があるな」

「はあ……ありがとうございます」

ここは、岸田が調査にあたるあいだの宿泊所としてあてがわれた雨宮屋敷の一室である。

生き人形を披露された教授と智佳は、夕食を振る舞われるまでのあいだに、ここまでの経緯を整理しておこうと議論しているのだった。

「ともかく、あの川波というスノッブが、雨宮家の困窮《こんきゅう》に乗じて、金にものを言わせ、生き人形の公開を強要した。そう考えて、間違いないだろう」

岸田が、冷静な口調に戻った。

やっと本題に入れるのかと、ほっとしながら、智佳はうなずいた。

「ネットで、地方新聞の報道などを調べてみましたけれど、そういうことのようです。先生に見せていただいた雨宮さんのメールには、はっきりと書いてありませんでしたが」

「まさか、借金を返すために、先祖伝来のいましめを破るとは書けないだろうさ」

岸田が眉を寄せた。

そう、雨宮龍夫が、星洋院大学の岸田研究室宛《あて》にメールを寄こしたのが、ことの発端だ。

近々、江戸時代よりわが家に伝わる生き人形を公開することになったものの、それには魔が宿っているとの言い伝えがある。ついては怪奇現象の専門家である先生にお越しいただき、のちのち望ましからざることが起こらないよう、予防していただきたいというのが、その内容だった。

まさに、教授のつぼを突いた依頼だったといってよい。これで、承諾の返事を送らないなどという選択はあり得なかった。

とはいえ、そこは岸田のこと、猪突猛進《ちょとつもうしん》したわけではない。例によって、智佳を助手格にして下調べしたところ、いろいろなことがわかってきた。

まず、雨宮家は、地方旧家の多くがそうであるように、かなり窮迫《きゅうはく》している。敗戦直後の土地改革や、多大な相続税といったことのあおりを受けて、家運が傾いたのである。

たとえば、この屋敷も、おそらく、もとは千坪《つぼ》以上の敷地があったと想像されるのだが、維持しきれず、土地を切り売りしたらしい。

だから、周囲には、やたらと近代的な建て売り住宅が目立つ。雨宮家の地所だったところを不動産業者が買って、宅地にしたのだろう。

そうした困窮につけこんだのが、やはり信州出身の、ＩＴ関連企業で一山あてた川波康太郎である。

先ほどの生き人形の一幕でもわかるように、成り上がりによくあるタイプの俗物だが、それだけに、かえって世間の評判が気になるらしく、文化事業に乗り出していた。

学術団体を援助したり、中小の劇団の公演に協賛したりということに手を染めたのだ。

単なる金の亡者ではないことを示したかったというのが、その動機だったのだろう。とはいえ、飯田《いいだ》市に建てた川波私立美術館は、やや趣《おもむき》が異なる。

とある、没落した資産家のコレクションをもとにして開館した川波美術館は、予想外の収益をあげたのだ。その資産家の収集品のなかにあった一幅《いっぷく》のマグリットが、美術愛好家の注目を浴び、マスコミなどに紹介されたおかげである。

考えてもいなかった好結果に、川波は意見をあらためた。

美術館は、企業家のアクセサリーのみならず、事業としても儲《もう》かる、どしどしやるべきだ、と。

以後、川波は、部下をあちこちに派遣し、美術館のセールスポイントになるような品を探させる。

その網にかかったのが、雨宮家の生き人形だった。

怪談じみた因縁があり、しかも、二百年近くも公開されたことがない絶品の美女人形ということならば、川波私立美術館の目玉となり得る。

そう値踏みした川波は、便宜《べんぎ》供与として法的に問題になってしまう一歩手前ぐらいの、おそろしく好都合な条件で雨宮家に融資を申し出——というよりも、押しつけた。

それに基づく発言力を発揮し、雨宮家の当主龍夫に川波私立美術館特別展への生き人形の一時貸与を強要、無理やり首を縦に振らせた。

それが実態に近いらしい。

「それでも、雨宮さんは言い伝えが気になった。そこで、先生にすがってこられたのですね」

「さて、どうだろう」

岸田は、肩をすくめた。

「生き人形が災いをなすという話を本気で信じているとは思えない。むしろ、川波氏にブレーキをかけて、間接的に拒むために、あれを公開してはいけない理由をつくってほしいのかもしれないな」

「まあ。では、雨宮さんは、先生にまことしやかな嘘をついてもらって、川波さんを追い払いたいというわけですか」

「川波氏の傍若無人《ぼうじゃくぶじん》な態度に対する雨宮父子《おやこ》の反応をみていると、あながち的はずれではないだろう？」

「うーん、なるほど」

雨宮龍夫がにがりきっていたのは当たり前としても、娘の由利子も、細い眉をキッと逆立てていた。先祖からの言いつけを破って、生き人形を公開することについては、娘のほうが抵抗が強いものとみえる。

そうしたありさまを思いだしながら、智佳はひとりごちた。

「オバケが関係していないのだとしたら、今回の件を光《みつ》くんと音《おと》くんに教えてあげなかったのは、取り越し苦労だったのかしら」

その自問を耳にした教授が、少しばかり憂《うれ》い顔になって聞く。

「本当にそう思うかね？」

智佳も、眉根を寄せて、可愛《かわい》らしいしかめっつらになった。

「……いいえ。だって……」

「そうだ、栃内くん。おそらく君の直感は正しい」

岸田は、一つため息をついた。

「むろん、桜守《さくらもり》兄弟のように、霊を感じる力は、私にはないがね。しかし、あの人形は、ただの無機物ではない。何かが宿っている」

低い声で言ってから、黙り込む。ややあって、ぼそりと付け加えた。

「となると、光也《みつや》くんと音也《おとや》くんに関与させるわけにはいかない。いつ、そのう……ひとでないものになってしまうかもしれないのだから」

岸田教授が慎重に言葉を選んで、告げる。

智佳も、まったく同意見だった。

桜守兄弟は、あやかし筋の宿命を抱えている。

その二人を、みだりに奇怪な生き人形に接させるわけにはいかない。

ふと、一週間ほど前のことが智佳の脳裏をよぎった。


「先生、こんな高価な品はいただけません」

例によって、古書や実験道具がところ狭しと積み上げられている岸田教授の研究室。

そこで、音也が、困ったというふうな声をあげた。

光也も横で、うんうんとうなずいてから、正直すぎる感想を洩らす。

「おまけに、このデザイン、あんまり好みじゃないし。安っぽい小道具みたい」

双子が、それぞれのてのひらの上に載せているのは、大ぶりのコインぐらいのペンダントだった。

中心に五芒星《ペンタグラム》、そして、その周囲に文字らしきものが、びっしりと刻み込まれている。

細い鎖《くさり》がつけられているのは、首からさげていられるようにだろう。

ただし、桜守兄弟を困惑させているのは、ペンダントの意匠《いしょう》ではなく、材質だった。

銀――それも、まじりけのない純銀であろう。

素人であっても、その輝きを見れば、疑い得ない。

しかも純銀は柔らかすぎて、アクセサリーにするには向かないから、普通は銅などを混ぜて、硬くするものなのに、そうした気配はない。

近年開発された純銀の硬度を増す技術を使って、つくられた品とみえる。

ということは、つまり、きわめて高価なしろもの、おいそれと学生が持っていられるようなペンダントではないということだ。

にもかかわらず、ペンダントの贈り主、たった今、桜守兄弟にそれを手渡したばかりの岸田教授は、光也と音也の遠慮がこもった拒否など意に介していない。

「金のことなど気にするな。私は、君たちに必要なものを提供したまでだ」

やや傲岸にさえ感じられる調子で言い放ってから、教授は光也をひとにらみした。

「安っぽい映画の小道具だって？　美意識を疑われるようなことを口走ってはいけないね。キリスト生誕以前から、破邪のしるしとして知られる五芒星だ。日本の陰陽道《おんみょうどう》でも、魔除《まよ》けのシンボルとされている」

（もう……光《み》っちゃんたら、教授のボタン押しちゃって。こうなったら、先生止まらないよ）

（だって、まさか、こんなところで勢いづくとは思わなかったから）

視線で会話を交わす桜守兄弟をよそに、岸田はまくしたてる。

「加えて、まわりに書かれているのは、ヘブライ語の呪文だ。これも妖気を払い、魔を抑える効果がある。さらに、材質は純銀だ。おお、銀よ。悪魔に抗するために、神が人間に贈りたまいし祝福！」

衒学《げんがく》趣味を刺激されたのか、岸田は、熱に浮かされたように、しゃべり続けた。

あまりにくだくだしいので、その内容を要約すると、こういうぐあいになる。

銀は、太古の昔より、魔を防ぐ力を有していると信じられてきた。たとえば、毒を仕込まれた食物を銀の皿に載せると、黒く変色するとされ、中国やヨーロッパの王侯貴族は、毒殺防止のために、好んで銀食器を用いたのだ。

普通の武器では傷つけることすらできない狼男《おおかみおとこ》も、銀の弾丸ならば殺せるというのは、ハリウッド製の怪奇映画で世界に広められた通りである。

その純銀を使い、世界で一、二を争う「怪奇的頭脳」の持ち主が――岸田は、自分でたしかにそう言った――ありとあらゆるオカルト知識をつぎ込んでつくらせた、魔を封じる護符。それが、今、桜守兄弟に渡されたペンダントだった。

もちろん、桜守兄弟が力を使った場合に、あやかしと化す危険を減少させる効果も持っているという……。

「お気持ちはわかりました。先生が、そこまで、ぼくたちのことを考えてくださるなんて、嬉《うれ》しいかぎりです」

岸田の長広舌《ちょうこうぜつ》に閉口しながらも、その真意を知った音也が、見直したという顔になって言った。光也も、身を乗り出して尋ねる。

「ね、先生。それじゃ、オレたち、もう好きなだけ力を使っても大丈夫ってこと？　このペンダントがあやかしになるのを抑えてくれるんですか」

教授の答えは、にべもないものだった。

「いや、それはわからん」

「えーっ、意味ないじゃん」

ふくれる光也を、ずっと黙って聞いていた智佳がたしなめた。

「光くん、先生に失礼なこと言うんじゃありません」

「だってぇ……」

「だって、じゃないの！」

姉弟《きょうだい》げんかのようなやり取りに、岸田が割って入った。

「効果があるかどうかは、実験してみないとわからん、ということだ。研究者たるもの、確証がないのに、イイカゲンなことは口にできないからな。しかし」

教授は、にっと笑った。

特撮番組『妖奇大作戦』に出てくる、悪役のマッドサイエンティストさながらの表情だ。

「理論的には完璧。よって、私も栃内くんも、常に持っていることにする。光也くんも音也くんもそうしたまえ」

「四人おそろいよ」

智佳に念を押された桜守兄弟は、顔を見合わせてから、同時に肩を落とした。

もはや逆らっても無駄だと悟ったのである。

とはいうものの、効き目もさだかでなければ、デザインも今ひとつの品を持っているのは嗜好《このみ》を疑われる、気が進まないと、顔に書いてあった。

「……で、このペンダントには、何か名前があるのですか」

おずおずと問いかけた音也に、教授が胸を張った。

「むろんだ。英独仏、はたまたラテン語や古典ギリシア語、ヘブライ語にも、それに相当する名がある。現代日本語に訳せば、銀衛符《ぎんえいふ》といったところか」

「はあ、銀衛符ねえ」

光也が、うさんくさそうにペンダントを持ち上げてみたところに、教授が命じてくる。

「ともかく、私と栃内くんが留守にしているあいだも、肌身離さずつけているのだ。わかったね？」

岸田が洩らした言葉を、音也が聞きとがめた。

「留守？　出張ですか」

言われたとたんに、岸田と智佳はポーカーフェイスをつくった。

ただし、変化が急速すぎて、見え透いている。かえって、口を滑らせたことを後悔しているのが伝わってくるようだ。

「出張……ああ、うん、出張だよ。出張」

「わたしもお供。光くん、音くん。わたしがいないあいだも、良い子にしてなさいよ」

「そうそう、音也くんはともかく、光也くんは無鉄砲なところがあるようだから」

「先生のおっしゃる通り。悪さしたら、ひどいからね」

掛け合いめいた、わざとらしいやり取りである。

何か、自分たちには伝えたくない——伝えられない案件か。

桜守兄弟は二人して、小首をかしげてみせた。

3

遠い。ずっと遠くから聞こえる。

足音？　――それにしては、ずいぶん硬い響きだ。

誰だろう。

眠いのに……こつん、こつんと、耳ざわりな音。

わたしを寝かせておいて、お願いだから。

ずっと、先生の2CV《ドウシユヴオー》に乗ってきて、疲れてるの……。

「イヤぁーっ！」

思考ともいえないようなことを、頭のなかで反復していた智佳は、甲高《かんだか》い悲鳴を聞いて、掛け布団をはねのけた。

枕元のスマホを握って、スイッチを入れてみる。

暗い室内に、まばゆい光が閃《ひらめ》いた。

午前二時ちょうど。

智佳は、ハンガーにかけておいた上着をパジャマの上から羽織《はお》ると、滞在中の居室とされた八畳間から飛びだした。

自分が寝ぼけていたのでなければ、今の悲鳴、それに、硬い足音は、長い廊下の奥にある部屋のほうから聞こえてきたはずだ。

土蔵から運んできた生き人形を仮置きした部屋である。

智佳だけではない。

岸田教授や龍夫、川波までも寝間着姿で、廊下に出ていた。みな、真夜中のときならぬ叫びに、起き上がってきたのである。

誰もが小走りに、問題の部屋に向かい——その手前でいちように立ち止まる。

そこには、雨宮家の跡取り娘である由利子が、床に座り込んで、ぶるぶると震えていたのだ。

「どうした、由利子」

父親の龍夫が、かたわらに膝《ひざ》をつき、肩に手をあてて、話しかける。

事故で妻を亡くしてから、男手一つで育て上げてきた娘に対する愛情が感じられる所作だった。

それでも、由利子は口を利けず、子供がいやいやをするようなしぐさをしていたが、しばらくして、ようやく話しだす。

「あ、あの……こんな夜中に、誰かが廊下を歩きまわっているような物音がするものですから……何だろうと思って、出てきて……」

「うん、何かあったのだね?」

龍夫に励まされた由利子は、とぎれとぎれに先を続けた。

「音をたどってきたら、この部屋の前まで来て、あたし……あたし……見ちゃったんです」

わなわなと震える手を上げ、廊下の突き当たりにある部屋を指さした。

「あの生き人形が……あそこに入っていくのを！」

岸田と川波が、われ先に障子へ取りつき、部屋に飛び込んだ。

もとは納戸《なんど》に使われていたらしい六畳だ。

その真ん中に、桐の筐が据えられている。

岸田たちが検分したあと、広間から運び込まれてきたものだ。

焦った川波が扉に手をかけようとするのを、岸田がいったん押しとどめ、そろそろと開く。

気を利かせた智佳が点《つ》けた電灯の明かりに、筐のなかが照らしだされた。

変わりはない。

昼間、披露されたときのまま、現在ではとてもつくれないであろう、江戸期の職人が丹精したものと思われる絢爛豪華《けんらんごうか》な着物をまとった生き人形が立っている。

「なんだ、おどかしやがる」

吐き捨てるように言った川波は、廊下の由利子のほうを振り返り、下卑《げび》た笑いを浮かべた。

「人形が歩く、か。怪談ばなしもいいかげんにしてもらいたいですな」

「……そんな……嘘じゃないわ。あたし、見たのよ」

「よしなさい、由利子」

「父さんまで、何を言うの。本当に、この部屋に人形が入っていったのっ。ご先祖さまの言い伝え通りだわ！」

龍夫も、取り乱す由利子をなだめきれない。

川波が聞こえよがしに舌打ちしてみせた瞬間、岸田教授がいぶかしげに呟《つぶや》いた。

「おかしいな。さっき拝見したときには、こんな傷はなかった」

冷静な声音《こわね》は、熱く沸騰《ふっとう》した湯に水を注ぐがごとき効果を発した。

場は静まり、一同の視線が教授に集まる。

岸田は、ゆっくりと手を上げ、扉の内側を指さした。

そこには、閉じ込められた何者かが、脱出をはかって、爪でかきむしったかのような傷が幾筋もついていたのである。

重苦しい沈黙が訪れ——すぐに破られた。

「ひぃぃぃっっ！」

由利子が泣き叫んだ。

その声音は、いっそうおびえた響きを帯びている。

みるみる、その顔から血の気が失せて、紙の白に近い色になっていった。

ほかのものたちも、説明できない現象を眼にして、ぼうぜんとしている。

しかし――。

ただ一人、川波だけが、ひどく邪悪に感じられる薄笑いをひらめかせたことを、岸田は見逃さなかった。


「ねえ、光っちゃん」

「なんだい、音《おと》ちゃん」

カフェテリアのいつも座る席で、昼食を終えた桜守兄弟は、もの憂《う》げなようすで会話をはじめた。

二つの同じ顔が、いちように、釈然としないといった表情を浮かべている。

「岸田先生と智佳ねェの出張の話、ヘンだったよね」

「うん、そうだね。オレたちに、行き先を知られたくないみたいだった」

「普通の学術調査とか、学会出席だと思うかい？」

「まさか」

光也は言下に否定した。

「音ちゃんも覚えてるだろ。留守にすると言ったときの、無情センセと智佳ねェのあたふたしたようす。でも……」

椅子《いす》にもたれていた光也が身を起こし、音也に顔を近づけて、ひそひそ声で訊《き》いた。

「そんなこと言いだすところをみると、何か、つかんだのかい」

音也は、すぐには答えず、ひとしきりスマホを操作した。めざすページにたどりついたらしく、画面を光也に示す。

「うん？　『中部日々新聞《ちゆうぶにちにちしんぶん》』のネットニュースか。岡谷の旧家に秘蔵されていた、伝説の生き人形が飯田市の川波私立美術館で公開される……ふうん」

しばらく、光也は画面の文章を黙読していたが、やがて唸《うな》った。

「智佳ねェや岸田先生が、これに関わっているってこと？」

「たぶんね。二人とも岡谷に出張だって言ってたから。教授のことだもの、この人形をオカルト方面から鑑定して、美術館に搬入するまでつきあうんだと思う。さっき、智佳ねェの実家に電話をかけてたしかめてみたら、今日から飯田市に滞在してるって連絡があったというし」

「だけどさ、音ちゃん、岡谷の生き人形って……」

光也は、少しばかり青ざめていた。

「そうだよ、光っちゃん。ぼくらの何代か前のご先祖さまがお祓《はら》いを頼まれたものの、あんまり妖気が凄《すご》いので、お蔵に立ち寄っただけで帰ってしまったと、うちの古い記録にある。おそろしく強力な妖怪らしいよ」

「じゃあ、智佳ねェが危ない！」

顔色を変えた光也は、立ち上がりかけて、「あ、ついでに岸田先生も」と付け加えた。

「そんなものに関わったら、二人とも大変なことになるかもしれないぞ」

「待って、光っちゃん」

音也は、光也の腕をつかんで、椅子に引き戻した。

「よく考えてごらん。岸田先生は、わざわざ銀衛符までつくってくれて、ぼくらに霊や妖怪と関わるなって言ってくれたんだよ。あやかしになってしまわないように」

ひときわ声をひそめて、音也が言ったことに、光也はさも不服そうに口をとがらせた。

「冗談じゃない。岸田先生が、せっかく、あやかしになるのを抑える銀衛符を……一応、効力があるという銀衛符をオレたちにくれたのは、こういう場合に手助けするためだろう？」

「光っちゃんは、いつもそれだ。直情径行《ちょくじょうけいこう》すぎる」

軽くため息をついてから、言葉を継いだ。

「必ずしもそうじゃないと思う。そもそも、銀衛符は変化を抑えてくれるかもしれないけど、魔を叩《たた》く助けにはならないんじゃないかな」

珍しく、いつも仲良しの兄をずけずけと批判した音也は、さらに言い添える。

「力があるからといって、いい気になって、それを使う。で、あげくのはてに、人間じゃない何かになってしまったら、いちばん悲しむのは誰だろう。父さんや母さん？　岸田先生？　それとも……」

音也はみなまで口にしなかった。

光也が顔をゆがめ、不承不承《ふしょうぶしょう》というふぜいながら、深々と椅子に座りこんでしまったから、その必要はなかったのである。

もっとも、納得したわけではないらしく、「じゃあ、智佳ねェを放っておくのかよ」とか、ぶつくさ呟いている。

その兄を無視して、音也はまたスマホを操作しだした。光也が、皮肉っぽい調子で尋ねる。

「今度は、何を調べてるのさ。晩のおかずのレシピとか？」

スマホから眼を離さぬまま、音也が答えた。

「ぼくらの実家に戻って、そこから飯田まで行くルートの検索。高速バスが安いね」

「え？」

きょとんとした光也に、音也が、わざとそっけない口調で言った。

「行くなっていうんじゃない。生き人形と対決するなら、相応の準備をしなくちゃね」

ぱちんという、いい音がカフェテリアに響き渡った。

にっこり笑った光也が、指を鳴らしたのである。

4

どうも気味が悪い。

今まで、こんな感じがすることはなかったのに。

水色の制服に身を固めた、五分刈り頭の警備員は、声に出さずにひとりごちた。

なるほど、夜の美術館や博物館というのは、気分のいいものではない。

日中は、たくさんのお客が出入りする広い空間に、人っ子ひとりいない光景は、子供じみた空想を誘発しがちだ。

とはいえ、長年陸上自衛隊に勤務、停年を迎えた際に柔道三段の腕を買われて、警備会社に就職したのだから、幽霊と枯《か》れ尾花《おばな》を見間違えることなど、万に一つもない。

そのほうが手当が増えるからと、好んで夜勤に励んでいるぐらいなのだ。

しかし――。

懐中電灯で館内を照らしながら、巡回してきた警備員は、吹き抜けの上部に、テラス状に張りだしている展示スペースにさしかかると、ふと立ち止まった。

顔をしかめて、そこに立つ女の人形を見やる。

美しい。たしかに綺麗《きれい》だ。

武骨《ぶこつ》一本やりで来た自分にも、その程度のことはわかるし、たいした出来だとも思う。

だが、気にくわない。

思えば、夜間巡回のときに、一種の寒気を覚えるようになったのは、特別展に向けて、この人形が搬入されてきてからではなかったか。

なんでも、江戸時代の名人の手になる作品だそうだけれども、どこか病的である。

人間を誘惑して、神さまにつくられた分際であることを忘れさせ、奈落の底に突き落とすための、悪魔のエサ。

俗な表現ではあるものの、そんな感想を抱かずにはいられなかった。

仲間の警備員のなかには、この人形は動くとおびえているものもいる。それも無理からぬことだろう。

「まあ、いい。今夜も異状なしだ」

強《し》いて陽気な口調で独白してから、大股に歩き出す。

いっそ、自衛隊時代に覚えた、昔の軍歌でもくちずさんで、景気をつけるか。

そんなことを思った瞬間、背後で、ことりと音がした。

すぐさま振り返り、懐中電灯で四方八方をめまぐるしいばかりに照らす。

幸いなことに、侵入者など影もかたちもなかった。

しかし……今の物音は何だ？

いぶかしげに、警備員はテラスを見まわした。

その顔が、にわかにひきつる。

人形が、こちらに向きを変えていた。

いのちなき物でしかないはずの――もちろん自ら動くことなど不可能なはずの人形が、通り過ぎた警備員を眼で追うかたちになっていたのである。

どういうことだ。

どこかに誰かがひそんでいて、展示品にいたずらを仕掛けたのだろうか。

警備員は、腰に提げた警棒を抜き、右手に構えた。

腰を落とし、油断なく周囲を警戒しながら、人形のほうに進んでいく。

その視線の先で、怪異が起こった。

人形が、かすかな音を響かせながら、ゆっくりと両手を上げたのだ。

からくり細工か……いや、そういう仕組みの人形だなんて聞いていない！

思わずあとずさりする警備員は、さらに、あってはならないものを見るはめになった。

笑ったのである。

生き人形が、薄くかたちのよい唇の両端を吊《つ》り上げ、妖《あや》しい微笑を浮かべたのだ。

警備員の理性は限界に達した。

広い美術館の隅々《すみずみ》まで響き渡るような絶叫をあげた警備員は、警棒もうち捨てて、逃げ去っていく。

だが、その、信じられぬ光景を目撃したのは、彼だけではなかった。

生き人形の展示スペースの下、吹き抜けとなったホールの目立たない一隅に小部屋がある。警備用カメラが映す映像をモニターするための、小型のディスプレイがいくつも置かれた警備室だ。

そこで、生き人形の映像——彼女が警備員をパニックにおとしいれるさまを、ディスプレイ越しに見つめているものがいたのだ。

最初、その顔に浮かんでいたのは、純粋な恐怖の表情だった。

当然だろう。

いのちなき人形が動いて、微笑んだのである。

ディスプレイを注視している人物が恐慌《きょうこう》を来したとしても、何の不思議もなかったが……。

「なぜ……あり得ない……そんな馬鹿《ばか》な！」

とぎれとぎれに、震える唇のあいだから、奇妙なせりふが洩れた。

歯の根が合わないのか、口のなかから、しきりに、かちかちという耳ざわりな音が響いてくる。

だが、さらに異様な変化が生じた。

あきらかに戦慄《せんりつ》を伝えてくる面持ちだったのが、しだいに陶酔《とうすい》の色を帯びてきたのである。

恐ろしさを超える情動。

魔魅《まみ》に惹《ひ》かれて、闇《やみ》に堕《お》ちていく快感。

形容しがたいが、強いていえば、そんな心の動きが、ディスプレイの映像を映しこんだ瞳に揺れている。

やがて、唇の端から呻《うめ》き声が洩れる。

今や、地上のものではない何かに、魂の最後の一片までも捧《ささ》げてしまった。

そうとしか考えられない、一種瀆神的《とくしんてき》なありさまだった。

「奪うだけでは足りない……誰にも渡さず……ひとり占めに……」

謎めいたせりふが、調子はずれの笑声に変わった。


岸田教授と智佳が招じ入れられたのは——そこで不可解な一幕が演じられたとは、二人には知るよしもないことだったが——小型のディスプレイが立ち並ぶ警備室であった。

今日は、それらの小型ディスプレイを家来にして、従えているかのように、特大のディスプレイが窓際に据えられている。

その前に並べられたパイプ椅子に座っているのは、川波康太郎、雨宮龍夫と由利子。すべて、生き人形をメインに据えた特別展に関係した者ばかりだ。

「済んだか？」

教授と智佳もパイプ椅子に腰を下ろしたところで、警備カメラが撮った映像が記録されたハードディスクと大型ディスプレイをつなぐケーブルをいじっていた美術館員に、川波がせかせかと尋ねる。

「準備できました、館長」

美術館員は、うやうやしく応じた。むろん名目だけで、実際の運用は他人にまかせているとはいえ、川波は、この美術館の館長、責任者なのだ。

それゆえ、さすがの川波も、今日は深刻な表情をしているようにみえる。

展示の新しい目玉である生き人形が搬入されてくるなり、奇怪なうわさが流れだしたからである。

あの人形は、夜な夜な動きだす。

もう何人も、こつこつという硬い足音を聞いている……。

現在、川波私立美術館は、生き人形をお披露目《ひろめ》する特別展にそなえて、展示替えや内装工事のために休館しているのだが、その作業にあたっていた業者や警備員のあいだで、そのような怪談がささやかれるようになったのだ。

最初のうちは一笑に付していた川波も、やはり怪異が生じたと雨宮父子が動揺しはじめたばかりか、自衛隊あがりの屈強な警備員が人形に笑いかけられて、精神の均衡《きんこう》をくずし、入院したという事件が勃発《ぼっぱつ》したとあっては、放っておけなかった。

そこで、川波が考えついたのが、生き人形が置かれたテラスの正面に警備カメラを据え付け、一晩中回しておくことだったのである。

冷徹なレンズの前では、妖怪も尻尾を巻いて逃げ出すだろう、人形が朝までぴくりとも動かないさまが録画されれば、いかがわしい流言も消えてなくなるにちがいない。

川波は、得意げに断じたものである。

その当否はともかくとして、昨日の夕刻から夜明けまで回されていたカメラの映像をチェックするために、今日、岸田たち関係者一同が招集されたのだ。

「みなさん、準備はよろしいかな」

念を押す川波に、一同うなずく。

すぐに、大型ディスプレイに、正面から生き人形の上半身を映した映像が現れた。

しかし——見学者と展示品をへだてる、低い柵《さく》の向こうにある人形は、まったく動かない。

生命を持たぬ物でしかないのだから、当然のことだ。

けれども、食い入るようにディスプレイを見つめるみなは、やはり、ある種の期待を持っているようで、彼ら彼女らの顔からは、しだいに、奇妙な焦燥感がうかがえるようになってくる。

だが、そんな反応もおかまいなしに、映像は静かに流れ続けた。変わるものといえば、撮影時刻を示す画面右下の数字だけだ。

「らちが明かんな。早回しにしてくれ」

川波の指示に、機械を操作している美術館員がスイッチを押した。とたんに、数字の変わる速度が上がるが、画面そのものには変化がない。

やがて、一種の弛緩《しかん》した空気がただよいはじめた。

いらだたしげにしていた川波が、不満そうに鼻を鳴らし、「やっぱり、何もないじゃないか」と呟いたとき——。

人形が動いた。

しずしずとカメラに歩み寄ってきたかと思うと、ふいに画面から消え去ったのである。

「何だ、今のは……？」

「生きているのよ、あの人形は、言い伝え通り、災いをもたらすのっ」

龍夫や由利子が思わず口にしたせりふと、川波の怒号が交差した。

「もう一度だ！　今のところを映せ。スピードも普通にするんだぞ」

さしずのままに、奇怪な映像が繰り返された。

間違いない。

ごく緩慢《かんまん》な動きではあったが、人形はカメラに向かって、にじり寄り、おそらくは横に跳んで、消え去ったのだ。

何度見ても、同じことであった。

撮影時刻表示から推定すると、午前二時から三時ごろにかけて、人形は動きだして、館内をさまよい、また展示台に戻ってきて、そしらぬ顔で立っていたのだ。

常識をはずれた推測ではあるけれども、カメラがとらえた映像からは、そう考えるほかなかった。

「ほう、ほほう！」

岸田教授が、嬉しそうに口癖《くちぐせ》の嘆声を発した。

まったくＴＰＯをわきまえぬ言動ではあるものの、またとない研究材料にめぐりあった喜びが抑えきれなかったとみえる。

もっとも、川波のほうは、教授などお構いなしに、胴間声《どうまごえ》を張りあげていた。

「なんという化け物だ。このままでは、とても一般に公開するわけにはいかん」

龍夫のほうに向き直ると、異論は許さぬといわんばかりに言い放つ。

「特別展どころではない。人形は、私どもで預かり、お祓いをしてもらいます。高野山《こうやさん》関係の旧知に、霊験あらたかなお坊さまを紹介してもらってな」

「何を言う。お祓いなら、ご先祖さまが何度もやっている。今さら、そういう理由で取り上げられても困ります」

「ふん、こうやって、人形が動きだすということは、効き目がなかったんでしょうが。とにかく」

眼に凄みを利かせて、川波が断じた。

「私がなんとかする。否《いな》やは言わせませんぞ」

もともと弱気な性格らしい龍夫は、力なく顔を伏せた。

ただ、川波に反感を覚えているとばかり思っていた由利子が、ぶるぶると震えるばかりで、押し黙っていたことに、横で見ていた智佳は不審を感じた。

ともあれ、川波はもう雨宮父子など一顧《いっこ》だにせず、美術館員に言いつけた。

「輸送業者を手配してくれ。私の屋敷に輸送させる。今から頼めば、明日には搬出できるだろう」

「ずいぶん、せっかちなんだね」

激した空気をやわらげるかのように、部屋の出入り口のほうから、ふわりとした声がかけられた。

何者かと、誰もがそちらを見やり、ほうと眼を瞠《みは》る。

端整な容貌を備えた青年——というよりも、細い首すじから受ける印象にしたがうなら、少年といいたい——が二人、そこに立っていた。

「誰だ、お前たちは。どうやって、ここに入ってきた」

「ちゃんと門衛のひとに案内を頼んで、だよ。岸田先生たちはどこって聞いたら、すぐに教えてくれたぜ」

川波の問いかけに答えた青年は焦げ茶、もう一人は淡い緑のボタンダウンを着ている。そうしていなければ、見分けがつかないだろう。

双子なのである。

ただ、緑のシャツの青年が蒼白《そうはく》になっていて、もう一人に支えられるようにしているから、今ばかりはたやすく区別できるかもしれない。

「光くん、音くん！　どうして、ここへ？」

突然、桜守兄弟が現れたことに混乱しながらも、智佳が尋ねる。光也が得意げに笑った。

「智佳ねェや岸田先生の趣味を考えれば、ここにいることぐらい、すぐにわかるさ」

胸を張ってから、小声で言い添えた。

「おおよそのことを調べあげたのは、音ちゃんだけどね」

「いいかげんにしろ。部外者は立ち入り禁止だ！」

ひともなげな光也の振る舞いに腹を立てたのか、川波が満面に朱《しゅ》を注いで怒鳴《どな》ったのを、岸田がなだめる。

「彼らは、桜守光也くんと音也くんといって、私の学生です。なんというか、そのう、きわめて優秀なので、ときおり調査を手伝ってもらうことがありまして、きっと今回もボランティアで、うん、やってきたのかと」

教授にしては明快さにかける、しどろもどろの説明だった。

もっとも、超常的な能力を持つ兄弟ですと、本当のことをぶちまけるわけにもいかないから、いたしかたない。

一方、智佳のほうは、なぜ危ないところにやってきたという怒りで眉を逆立てる一方、二人が助けに来てくれたと口もとをゆるませ、複雑な表情になっている。

「こんなオバケがいるのに……もう！」

あやかし筋の血が発現しても知らないわよと、あやうく叫んでしまうところだった。それをこらえた智佳に、ずうずうしくも光也がウインクしてくる。

「先生がくれた銀衛符があるから大丈夫さ。そんなことより」

ぐったりしている音也に眼をやってから、光也が言った。

「この美術館から出ましょう。音ちゃん、気分が悪いっていうんだ」

そう声に出してから、今度は、唇だけを動かした。

ほかのものにはちんぷんかんぷんだったろうが、岸田教授と智佳には、強い妖気を感じている、と光也が伝えてきたのがわかる。

「よろしい。雨宮さん、それに川波さんも。われわれは、いったんホテルにひきあげます。いいですね?」

事情が呑み込めないままに、龍夫がうなずいた。

川波は、もう用がないとでも思っているのか、美術館員への指示にかかっていて、教授を見ようともしない。

それもまた幸いとばかりに、岸田と智佳は、光也を助け、音也を廊下に連れ出した。

「すぐに外へ行こう、音也くん」

室内の連中に聞こえないよう、声をひそめて、岸田が言った。

「警備カメラが撮った映像に加えて、怪人形そのものがここにはある。君の鋭敏な感覚にはきつすぎる」

これを聞いた音也は、何度か深呼吸してから、不思議なことを口にした。

「あの……人形が猛烈な妖気を発しているのは、事実です。でも……ディスプレイからは何も……」

「うん? どういうことかね」

いぶかしむ岸田に、音也は、真っ青になっているくせに、やけに明るい微笑を投げた。

「そこがカギなんじゃないかと思います。……事情を詳しく聞かせていただければ……いろいろとお力になれる……かも」

「よし、わかった。おーい、そこの！」

岸田は、上げた片手をむやみやたらに振り回して、タクシーを止めた。

5

そこかしこで、常夜灯がごく小さな光芒《こうぼう》を投げかけているほかは、川波私立美術館の主たる照明はすべて消されている。

だが、たった今、生き人形のテラスのあたりに、明かりがともった。

スイッチを入れた人影は、やがて光に照らされて、川波康太郎の姿となる。

酔っているのだろうか、足取りはやや乱れているものの、生き人形に歩み寄っていく。

もし、普段の、世俗にまみれ、しかも自身それでよしとしている川波を知っているものが見たら、その表情に驚き、呆《あき》れたことだろう。

それぐらい、陶然《とうぜん》とした面持ちをしている。

事業以外に興味のない現実主義者。

会社拡大のためならば、冷酷なまでの手段をも敢えて辞さない男。

そういう定評がある川波が、今夜ばかりは、純粋な憧憬《どうけい》をあらわにしていた。

その対象は——むろん、名匠北縄手蛇丸が精魂かたむけてつくった、女性ならぬ女性である。

「ふ、ふふふ……とうとう、私のものになる。美しいお前が……」

口の端から泡を噴きながら、ひとりごちた川波は、生き人形の周囲にめぐらされた柵をつかむと、かたわらへ放り投げた。

高い金属音が不快だけれども、まったく意に介していない。

無防備になった生き人形のもとへ進みかけた川波が、ふと立ち止まった。

白い顔に眼を据え、しげしげと見つめる。

すぐに、あらぬ言葉が口を衝《つ》いて出た。

「もう生身の女など要らない。お前だ。欲しいのはお前だけだよ」

奇怪な、しかし、真実がこもった呼びかけに、黒い笑声が続く。

「なあに、雨宮になど返してやるものか。お祓いが長引いて終わらないと称しておけばいい」

ふいに笑みが消え、妄執《もうしゅう》にみちた表情が浮かぶ。

「雨宮だけではない。誰にも渡さぬ、誰にも見せぬ。お前は、これから先、永遠に私が独占する……もう商売ずくではない。お前が動くさまを初めて見たときから、私はとりこになってしまったのだ……」

驚くべき告白だった。

表面的にはずっと隠していたものの、川波は、生き人形をわがものとする野望に駆られていたとみえる。

だが、恐ろしくはないのだろうか。

人形が夜歩くことは、警備カメラの映像で実証されているではないか。

そんなあやかしをそばにおいて、怖くはないのか。

それとも――人形の怪異は、すべて川波が仕組んだからくりだった？

もちろん、川波は、さまざまな謎をあきらかにしたりはしない。

ただ、魔魅に憑《つ》かれたもの特有のゆがんだ笑みを浮かべて、生き人形に手をさしのべる。

ついに、動かぬ魔女を抱きしめた。

「おお……おお、私のものだ。お前は私の愛《いと》しい女……もう、けっして放さないよ……」

呪文に似た、川波の誓いが続く。

それは、いつ果てるともしれないと思われた。

けれども、おぞましい夢幻のときは、あっけなく断ち切られた。

一つ、また一つと照明がつけられていき、館内は昼間のような明るさに包まれたのである。

「な……なんだ。私の邪魔をするのは誰だ⁉」

狼狽《ろうばい》し、怒号を飛ばした川波に応《こた》えるかのごとく、一群のものたちがテラスの下に現れた。

岸田教授と智佳、雨宮父子である。

さらに、テラスの両側から進み出てきたのは、桜守兄弟だった。

見上げる岸田たちの向かって左にいるのが光也、右が音也だ。

ただ、二人とも、力によって、生き人形が発する妖気を感知しているのか、すっかり青ざめていた。

「大丈夫か？　光也くん、音也くん」

心配した教授が声をかけると、桜守兄弟は、それぞれ首にかけた銀衛符をかざしてみせた。

「有り難う、先生。効いてるみたいです……」

苦しげではあるけれども、しっかりした口調で答えた音也に続き、光也も銀衛符を振りながら、言った。

「オレもOKだよ。でも……こいつ、凄い波動を出してる」

兄の指摘に、音也がうなずく。

「しかも、強くなるばかりだ……川波さん、その人形から離れて……」

その指示は、懇願《こんがん》に近かったが、むろん川波は聞く耳を持たない。かえって、人形を抱きかかえたまま、テラス前方に進んできた。

岸田たちに、挑戦の叫びをあげる。

「きさまたちに、何がわかる。彼女は、私の……俺のものだ！」

脂ぎった俗物は、もうそこにはいなかった。

情念に突き動かされ、理性も計算も振り捨てた男。

ひたすら美に仕えることのみを考える、一人の奴隷《どれい》と化している。

誰もがそう感じ、取り憑かれたものだけが放つ、奇妙な迫力に圧倒されたとき、つぎなる異変が生じた。

音也が、低い声で呻いたかと思うと、その場にうずくまった。

みるみるうちに、全身から、もやのようなものがたちこめる。眼を凝らしてみると、それは、薄墨色を帯びているかに見えた。

「まずい。あやかしの力が音也くんを呑み込もうとしているんじゃないのか」

岸田の独白に、智佳が血相を変えた。

霊や妖怪をあるべき場所に還《かえ》し、あるいは消滅させる。

そうした激しい力を持っている光也のほうが、あやかしに傾く可能性は高いと思っていたが、実は、この世ならぬものの波動を感じ取る音也こそが危ないのかもしれない。

「いい気味だ、双子の片割れ。俺の邪魔をするから、彼女の罰を喰《く》らったのだろう」

眼を吊り上げた川波は、テラスの手すりのきわに生き人形を置き、両手を振り上げた。

音也に危害を加えるつもりなのだろうか。

今の川波はまともではないから、それもあり得る。

「気をつけて、音くん！」

智佳の叫びも、音也には聞こえないようだった。

ただ、銀衛符を握りしめて、苦痛に耐えている。

そんなさまにたまりかねて、光也が踏み出そうとした、まさにその瞬間、音也の身体《からだ》から発せられる気が、いよいよ黒くなった。

「音ちゃん！」

光也の声に、音也は、はっと顔を上げた。

声を振り絞って、叫ぶ。

「ぼくじゃない！　ぼくは大丈夫……生き人形を……」

続いて起こったことは、とても理屈が通った説明をつけられるものではなかった。

かたわらに立てた生き人形を背にした川波が、けだもののごとく喚《わめ》く。

そこへ向けて、光也が握ったこぶしを思いきり横に振って、突きつけた。

白い光線がほとばしったか、と見えた。が、それは錯覚だったかもしれない。

最悪だったのは、一刹那ののちに生じたことだ。

ひとりでに姿勢をくずした――としか考えられなかった――川波が、手すりの上に倒れ込む。

その勢いでもんどり打った川波が、耳をふさぎたくなるような悲鳴とともに下のホールに落ちていく。

どんと鈍い音がして、その身体が転がる。

うつぶせになった状態で、しばらく手足をぴくぴくと痙攣《けいれん》させていたが、じきに動かなくなった。

「救急車を呼べ！」

龍夫のさしずに、由利子があわてて携帯電話を取りだす。

それを操作する指が——止まった。

怪異は、まだ終わっていなかったのだ。

テラスの上で、生き人形が動いていた。

一歩、また一歩と手すりから中央部に歩みだし、ふと振り返ると、臣下たちを睥睨《へいげい》する女王のごとく、岸田たちを見下ろす。

雨宮家の伝説は真実だった。

いのちなき無機物であるはずの人形が、乱れ髪を揺らして、笑ったのである。

美しく、同時に禍々しい笑顔であった。

それを眼にした岸田教授や智佳、雨宮父子は、足がすくんで動けない。

人形は、そのありさまを嘲笑《ちょうしょう》するかのように、いっそう唇の端を吊り上げる。

さらに光也、ついで音也を見やった。

「う、うわ……」

にわかに光也が顔をゆがめた。

すぐに、音也のそれほどに色は濃くないが、内なる気が放たれていく。

生き人形が悪《あ》しき正体を現すとともに、光也のなかのあやかしも感応して、うごめきだしたらしい。

「凄い……こんなに波動が強い妖怪は初めてだ……」

唸った光也に、音也がかすれた声で言う。

「お願いだ、光っちゃん……ぼくは、そろそろ……限界だよ」

これを聞いた光也は、大きくうなずくと、足を踏み出しかけた。だが、そのまま止まってしまう。

さしもの光也も、生き人形が放つ見えない圧力を持て余しているらしい。

そうしているうちにも、音也、そして、光也の身体から出る気は、黒さを増していく。

「駄目……二人とも……逃げてっ。あやかしになっちゃうよ！」

智佳の悲鳴が、光也の背中を押した。

おそろしく不敵な表情になって、握った両のこぶしを打ち合わせる。

「ええい、いちかばちかだ！」

高らかに叫ぶなり、かかとで床を蹴《け》って、跳ぶ。

人形の笑みが、ひときわ深くなった。

軽く右手を振る。

物理学の教科書を投げ捨ててしまいたくなるような光景だった。

光也の身体は、見えない壁にぶつかったかのようにはじかれ、床に転がったのである。

とっさに受け身を取ったから、怪我《けが》はない。

が、人形は左手を上げて、光也に向ける。はっきりと殺意が感じられた。

そのとき、音也が気力をふりしぼって、叫んだ。

「今だ、光っちゃん！」

「わかってるよっ」

ポケットからガラスびんを取りだした光也は、その中身を、眼の前の床にぶちまけた。

とたんに、人形があとずさる。

白い顔から、笑みが消えた。

「あれは何だ、あの液体は？」

ぼうぜんとしていた岸田が、われに返って呟いた問いかけに、光也が答える。

「ニガヨモギにヒイラギ、それから、オレたちのふるさとにしか生えないとされるコケからつくった魔除けの水薬……さあ、もう好きにはさせないぞ」

光也は突進した。

人形は両手を伸ばし、光也を拒もうとするが、彼の動きのほうが一瞬早い。

生き人形を抱きしめるかたちで引き寄せた光也は、きつい口調で告げた。

「伝わってくるよ、神さまを超えようとした人間の傲慢《ごうまん》さと……その妄執とひとの血を吸って育った魔物の欲望が……自分に接する、ありとあらゆるものをとりこにし、破滅させようという衝動が……」

光也は腕に力をこめた。

生き人形の美しい顔がゆがむ。

「還れ、土くれに……本来、お前の棲《す》むべき地獄の底に！」

真っ白な光が閃き、雷鳴に似た音がとどろいた。

テラスの電灯が、つぎつぎに割れていく。

破片が飛び散ったが、光也も音也も避けようともしない。

混乱ののちの静寂が訪れた。

みな息を呑み、指一本動かすのもはばかられるというように、立ちつくしている。

だが、やがて、岸田と智佳が、おそるおそるテラスをうかがった。

光也の腕のなかの生き人形は、もう動いていなかった。

取り澄ました表情に戻り、笑ってもいない。

そのなかにいた悪しき何者かは、光也の必死の働きによって封じ込められたようだ。

しかし、智佳にとっては、人形よりも桜守兄弟である。

「光くん、音くん！　まだ……人間でいる？」

異様ではあるものの、心底から案じている気持ちがこもった問いかけに、うつむいて、肩で息をしていた二人が顔を上げた。

いつのまにか、身体から発せられていた気が消えている。とくに変わったようすもなかった。

ぎりぎり手前で、人間に踏みとどまったらしい。

「平気だよ、智佳ねェ。オレさまには、これぐらい、どうってことないさ」

まだ青ざめているくせに、にやりと笑って強がる光也に、とぎれとぎれながらも鋭い声で音也が注意する。

「だめだよ、光っちゃん。油断は禁物……人形のなかに封じ込めただけで……滅ぼしたわけじゃない」

愉快でない指摘に、光也が反発するでもなく、ただ身を震わせ、その場に立たせた人形にきつい視線を向ける。

光也には感じ取れないぐらいの霊の波動でも、感知型の力を持つ音也には察せられる。

そのことに思い当たり、人形の魔は無になったわけではないと用心したのだろう。

ただし、さすがにもう人形は動かなかった。

「……そうそう……先生の銀衛符も……効いたみたいですよ……あ、光っちゃん」

よろよろと立ち上がった音也は、光也のもとに歩み寄り、白いハンカチを取りだした。

そっと兄の頬にあてる。

電灯が破裂したときに飛び散ったガラス片がかすったものとみえる。

ハンカチがにじんだ血を吸い取り、赤い染みをつくったとき、光也はふいにくずおれそうになった。

音也にすがりつき、かろうじて立ったところで、照れたように言う。

「ごめん、音ちゃん。オレ、やっぱりヘロヘロだわ」

6

再び、雨宮家の広間である。

ただし、最初に生き人形が披露された際とはちがい、川波が消えて、桜守兄弟が加わっている。

川波は重傷を負っていたが、幸い、いのちは取り留め、翌日には意識を取り戻したのだ。

むろんのこと、関係者一同、警察の事情聴取を受けるはめになったけれども、搬出前夜に下見をしている途中に起こった事故ということで口裏を合わせた。

偽証したといわれれば、それまでだが、動きだした生き人形の魔を退治したと、正直に言うわけにもいかなかったのである。

むろん、常識家ぞろいの警察は、その釈明を疑わず、表面的には、事件は決着をみた。

とはいえ、真相を知る雨宮父子や岸田、智佳にとっては、いまだ多くの謎が残っている状態であるのはいうまでもない。

そのため、東京に戻る前の一夜を岡谷の雨宮家で過ごし、桜守兄弟の説明を受けることになったのである。

「さて、いろいろと教えてもらいたいことがあります。まず、あの生き人形に宿っているのは、何なのでしょうか」

ずっと年下のものに接しているのに、雨宮龍夫がうやうやしい口調で尋ねた。

桜守兄弟を立てているというよりも、本来、そういう謙譲《けんじょう》な性格なのだろう。

柄にもなく上座に据えられて、もじもじしていた二人は、互いに解説役を押しつけあっていたが、じきに音也が語りはじめた。

「岡谷の生き人形の話、実は、ぼくたちの家にも伝わっているんです。ご先祖さまがあやかしを封じるよう頼まれたのだけれど、あまりの魔性《ましょう》の強さに、土蔵を見ただけで、手に負えないと引き返してしまったそうで」

　軽く身震いしてから、続ける。

「ええ、あの人形には、とほうもない魔物が憑いています。北縄手蛇丸の、わが手で神のわざを超えた美を創造したいという傲慢な野心と、六代目徳之介さんの人形への妄執が生み出し、血によって育てられた怪物が……」

「では、この屋敷や美術館で起こった、人形が夜歩く事件は、すべて本当に起こったことだったのですか」

「そこが複雑なところです。もろもろのことすべてが、生き人形のしわざというわけでは必ずしもないようですよ」

　岸田教授が口を挟み、ちらりと由利子のほうを見た。

　どうしたことか、由利子は、正座した両膝の上に置いた手をきゅっと握って、うつむいてしまう。

「順番を追って、説明します」

　由利子から眼をそらすようにしながら、音也が先を続ける。

「ぶしつけなことですが、この家には、ご事情がありますね。岸田先生や智佳ねェ、あ、いや、栃内さんが、信州の地方紙などを調べて、わかったことを教えてくれました」

これを聞いた龍夫は、しばし、口をへの字に結んでいたものの、ややあって、観念したように応じてきた。

「隠してもしかたありません。公然の秘密とでもいうべきものですからな。いかにも、わが家は困窮しております。そこへ、川波氏が融資を申し込んできたので、私は、またとない助けとばかりに飛びついてしまった。だが」

悲しげに首を振った。

「あの男の目当ては、生き人形だった。あれを美術館の特別展に提供せよという要求を呑ませるために、めったにない好条件で金を貸すと言ったのです」

龍夫は、深いため息をついた。

この間の怪事件のおかげで、すっかり老け込んでしまったようにみえる。

「しかし、こんなことになるとは……。やはりどんなに苦しくとも、ご先祖さまの言いつけを守るべきでした」

肩を落とした龍夫を気の毒そうに見やった音也だったが、ふいに由利子に視線を移した。

「由利子さん、あなたは生き人形を世間に出すことに反対していたそうですね。川波さんにも好感を持っていなかった。岸田先生や栃内さんの証言です」

音也の指摘を受けても、由利子は下を向いて、何も言わない。ただ、かすかに肩が震えていた。

「ここから先は、ぼくの推測になるのですけれど、由利子さんは、最後の最後まで、公開を阻止《そし》することをあきらめていなかった。だから、この屋敷で生き人形が披露された晩に、一芝居打ったのでしょう?」

「何だって? すると、あの夜の騒ぎは……」

「たぶん、由利子さんが、廊下で人形のものに聞こえるような音を立てたんです。で、みなさんを集めたところで、生き人形が動いて、部屋に入っていったと嘘をついた」

龍夫が思わず洩らした問いかけに答えてから、音也は眼を伏せた。

とたんに、由利子が身を二つに折って、泣き伏す。

「しかたなかったんです! 川波が……どうしても、人形を特別展に出すと言い張って……ゆずらないから……」

「由利子、お前、なんてことを……」

娘を叱《しか》ろうとした龍夫が、途中で言葉を呑み込んだ。

先祖のいましめを守ろうとするあまり、人騒がせなからくりを仕組んだ由利子の心根をふびんに思ったにちがいない。

「――けれども、実はそのとき、封印を解かれた生き人形は目覚めていました」

口を閉ざしていた音也が、ようやく由利子が落ち着いてきたとみて、説明を再開した。

「駆けつけたみなさんの前で、人形が収められた桐の筐を開いてみると、扉の内側に、幾筋も傷がついていた。そうですね、岸田先生？」

「間違いない。私が最初に発見したのだ」

教授が大きくうなずいたのと同時に、光也が呟いた。

「あいつ、筐から出ようとしてたんだな」

これを聞いた龍夫は、あっと小さく声をあげ、たたみかけるように問いかける。

「では、美術館のできごとも？　夜な夜な人形がさまようといううわさは、本当だったのですか」

「と決めつけるのは、まだ早いです」

光也が、龍夫の質問をさえぎり、どうぞとばかりに弟を指さす。音也は苦笑して、またしゃべりはじめた。

「もう一段、ひとの手になる小細工があるのだと思います。皮肉なことだけど、由利子さんが人形が動いたと見せかけようとしたのに気づいて、川波さんがトリックを考えついたんでしょう。この事件の進展には三段階あるんです」

「ほう、ほほう！」

何ごとかに思い当たったらしく、岸田が膝を叩いた。

「それでわかったよ。美術館に移してからの人形をめぐる怪談の真相が」

うなずきながら、音也に問いかける。

「君は、人形そのものからは、苦しくなるほどの波動を受けたのに、警備カメラが撮った映像には何も感じないと言っていた。つまり、そういうことか」

「さっぱり理解できません、先生。きちんと説明してくださいな」

不可解な問答にたまりかねた智佳が、解説を求める。

「先生はこうおっしゃってるんですよ、智佳ねェ。人形を動かして、業者や警備員をおどかしていたのは川波さんだって」

「え？　何のために、そんなこと……あ！」

智佳は、ぱちんと両手を打ち合わせた。

「あのひと、特別展だけではなく、これからもずっと人形を常設展示させるつもりだったんだわ。それが目的だったのね」

「うん、オレもそう思った。妙なうわさが立てば、個人の手に負えるものではないとか、いろいろ理屈をつけて、人形を雨宮さんに返さずに横取りできるからさ」

わけしり顔で言う光也の頭を、「ちょっとナマイキ」と、智佳が軽くこづく。

「あ、ごめんなさい、スミマセン」と光也が小さくなるのを、笑みを含んだ眼で見やってから、岸田が言う。

「なるほど、音也くんがカメラの映像に反応しないわけだ。あれは、つくりものだったのだね」

「たぶん。美術館は、川波さんの持ち物ですから、スタッフに言い含めて、あらかじめトリック映像をつくらせておいたのでしょう」

「だけど……筋が通らないことが一つあるわ」

疑問を差し挟んだのは、智佳だった。

「自衛隊出身、柔道三段の警備員さんが、人形に笑いかけられて、ショックのあまり、入院したっていうじゃない」

智佳は、小首をかしげる。

「そんなひとが、ちゃちなおどかしに乗るとは思えないし。それとも、彼もぐるだったたってこと?」

「そこが深刻なんですよ、智佳ねェ」

やや暗い表情になって、音也が応じた。

「最初、川波さんは、この家で由利子さんがやった手を拝借し、部下の技術者に命じて、さまざまな機材を使った大がかりなおどかしを実行していた。大規模なお化け屋敷みたいなものです。おそらく、その効果を観察するために、ひまがあれば、警備室でモニターをながめていたのでしょう。それが災いして……」

しばし口ごもってから、音也は先を続けた。

「思いだしてください。あのテラスでの異常な言動が赤裸々《せきらら》に示しているように、川波さんが人形に魅入られていたことを」

「どういうことかしら？　川波さんは、雨宮さんから人形をだましとって、それで、お金儲けしようとたくらんでいたんじゃないの」

「実際、たくらみのはじめは、そうだったのでしょうね」

由利子がつり込まれて訊いてくるのを、音也はさらりと受け流した。

「でも、モニター越しとはいえ、人形がその真の姿をあらわして、魔性の笑みを浮かべるのを眼にしたときから、川波さんは魂を奪われてしまった。事件の第三段階です」

「第一段階が由利子さんの細工、第二段階は、人形を奪って美術館の目玉にしようとした川波氏のトリックというわけだね」

確認する岸田にうなずいてみせてから、音也は深刻な口調で続ける。

「そして、第三段階は、人形が自らの意志で動くのを見た川波さんが、魔に魅せられたところから、はじまります。あくまで打算から、人形をわがものにしようと思っていた川波さんの気持ちは、ある意味、純粋な執着に変わった。具体的にいうなら、美術館の展示品にするどころか、誰にも見せずにひとり占めしたくなったのです」

「え？　あ、じゃあ……」

ばらばらだった部品が音を立てて組み合わさっていくような気分を味わっているらしく、智佳は顔を輝かせた。

「川波さんは、それで、最後の詰めに生き人形が動きだしたかのような映像をつくって、わたしたちに見せたのね。いよいよ、雨宮さんには手に負えなくなったから、こちらにまかせろと強弁《きょうべん》するために！」

いろいろと納得がいったのか、智佳は眼を瞠っていたが、ふと首をかしげる。

「だけど、本物は？　川波さんがモニターで見ていたのなら、その映像も記録されて、残っているんじゃないの。何も、つくりものなんかこしらえることは……」

「独占したかったんだよ」

先ほどよりも、ずいぶんまじめな面持ちで、光也が智佳の発言をさえぎった。

「魔に魅入られた川波さんは、映像でさえ、他人の眼に触れさせたくなかったんだ。だから、岸田先生には見破られる可能性があっても、本物を隠して、わざわざ、そのためにつくったニセ映像を、みんなに見せた」

　言葉だけでは足りないのか、小さく舌打ちしてから、先を述べる。

「美術館のスタッフに協力してもらって、オレが本物の映像を探しだしたよ。もう、データは全部消去しちゃったけどね」

　妙に白っぽい顔色で述べた光也は、かぶりを振った。

「二百年の封印を解かれて、再び人間をもてあそぼうとしている妖怪の映像なんて、この世にあっていいものじゃないから」

　光也にしては珍しく、恐れをあらわにしていた。よほど、普通ではない映像だったのだろう。

「あとは、加速度がつくばかりです。ニセ動画を使い、みんなを圧倒した川波さんは、とうとう人形を手に入れたと信じ込んでいた。だから、搬出される前に、人形をつかんだ実感、勝利した気分を味わうために、きっと美術館のテラスにやってくる」

　さらに説明を加えた音也は、岸田に一礼した。

「先生が推測された通りになりました」

「ふむ、年の功というやつでね。不本意ながら、俗物の行動パターンが読めるようになってしまった」

教授が肩をすくめたところに、龍夫が感心したというふうに話しかける。

「とつぜん、私のところにやってきて、雨宮の顔で警備員を説得して、閉まった美術館に入れてくれと談判されたときには、何を考えているのかと思ったが……いや、感服しました」

「なに、これぐらいは赤子の手をひねるようなものです」

岸田らしく、謙遜《けんそん》するどころか、肩をそびやかしてみせた。

「あとは、わたしたちの目撃したように、光くん、音くんが人形を封じてくれたのね……危険を冒《おか》してくれて、ありがとう」

智佳が、居住まいを正し、ていねいに一礼する。「危険」という単語に、特別な意味が含まれていることはいうまでもない。

とたんに、桜守兄弟がうろたえた。

「智佳ねェったら、そんなことしないで。困っちゃうよ」

「ホント、オレたち、勝手に出しゃばってきただけなんだから。これぐらい朝飯前、ビフォア・ブレックファストですよ！」

照れくささをまぎらわすためか、光也が、言わずもがなの寒いギャグを飛ばした。

この二人、とことん智佳には弱いとみえる。

面白いとしかいいようのないやり取りを、岸田は笑みを含んで眺めていたが、やがて質問を投げてくる。

「ところで、川波氏がテラスから落ちたときのことだが、あれは、やはり人形に突き飛ばされたのかね」

これを聞いた桜守兄弟は、顔を見合わせた。

ややあって、掛け合いみたいにして、答える。

「怖がらせるのは本意じゃないですけど……そうです。生き人形は、自分に魅了されたものの命を奪って、力を増すみたいで」

「思いきり、突き飛ばそうとしたんだよ。音ちゃんに言われて、オレが力を打ち込まなかったら」

音也の言葉を引き取った光也が、ぶるっと震えた。

「川波のおっさんは怪我じゃすまなかったはずです」

「……ほう……ほほう」

抑えた嘆声を洩らした岸田は、身を乗り出した。

「では、君たちのおかげで、死人が出ずに済んだのだね。しかし、あの人形に宿った魔物は、相当強力なようだった。あやうく……」

あやかしになるところだったと言いかけたらしい。だが、雨宮父子の手前、岸田は途中で止めた。

ごまかすように、何度か、咳《せき》ばらいをしてから、桜守兄弟に訊く。

「身体に異状はないかな。大丈夫かね」

「そのことでは、ぼくたち、先生にお礼を言わなくてはなりません」

音也が光也に目配せし、同時に片手を突き出した。

それぞれのてのひらの上に、銀衛符が載っている。が、いずれにも、無惨にひびが入っていた。

「オレたちを守ってくれたんです。このペンダントが」

背筋を伸ばした光也が、深々と頭を下げた。

彼としては、最上級の敬意を表したといえる。

「おお、そうか。それはよかった」

嬉しそうに応じた岸田は、銀衛符を受け取った。

「心配しなさんな。すぐに新しいものをつくらせて、君たちにあげよう」

桜守兄弟に笑いかけてから、教授は、龍夫のほうに向き直った。

「以上が、今回の事件のあらましです。残るのは、生き人形の始末で、あれを世に出しておいたままでは、また厄介《やっかい》なことになると存じますが」

「ご懸念《けねん》にはおよびません。意識を取り戻した川波氏と携帯電話で協議しました」

教授の忠告をさえぎって、龍夫は破顔《はがん》した。

「悪霊に取り殺されかけたことで、彼も考え直したらしい。人形は、わが家に保管するということで合意しました」

そこまで言った龍夫は、表情を引き締める。

桜守兄弟を交互に見つめながら、頼み込んだ。

「しかし、ただ釘《くぎ》を打ち、錠を下ろしただけでは、悪霊がまた動きださないともかぎらない。どうでしょう、お二人の力で蔵に封印していただくわけには……」

龍夫の言葉に、光也と音也は顔を見合わせた。

しばらく、困ったというようにもじもじしたあとで、音也が言った。

「あの人形に宿っているのは、とりわけ性質《たち》の悪い、強力なやつなんです。ぼくたちのご先祖さまが妖気を感じただけで、退散してしまったぐらいの……。今回、どうにか封印できたのは、代々の桜守一族のなかでもこれほどの力を持っている子はまれだといわれている光っちゃんだったから。だけど、たくさんの力を使っただけに、あやうく……」

音也が途中で呑み込んだ言葉は、あやかしになるところだった、というものであったかもしれない。

「桜守家のものでも、こんな眼と耳を持っているのは珍しいと、親戚中の評判になっている音ちゃんの助けもなければ、それもおぼつかなかったよ」

　かけねなしの実感だという表情で、光也が付け加える。音也が軽く微笑みかえしてから、また雨宮父子に告げた。

「そのぼくたちでも、完全に封じ込められるかというと、心もとないです。筐の封印も、一度破ってしまったのでしょう？　だとしたら、最初からやり直しということになります」

「細かいことは、いいじゃないか」

　音也の説明に、龍夫と由利子が暗い表情になっていくのを見かねたか、光也が、にっと笑った。

「筐と、それから土蔵。そこに、オレと音ちゃんで、きっちり封印して、あの魔除けの水、邪防水《じゃぼうすい》を土蔵のまわりにまいておく。あとは、一年に一度、邪防水をあらたにほどこしておけば、出てこれやしないよ」

　ここで、光也は、雨宮父子のほうに向き直った。

「オレたちの実家から、定期的に邪防水を送るよう手配しておきます。だけど」

おそろしく真剣な顔で、念を押した。

「以後、絶対に人形に近づいちゃいけない。守れますか?」

「もちろん」

龍夫が力強く応じた。

「もとの土蔵の二階に、何重にも錠を下ろして、監禁します。その封印、いかなることがあろうとも破ってはならぬと、子々孫々《ししそんそん》まで申しつけますとも。それでよろしいですかな」

念を押された桜守兄弟は、同時に、こくりとうなずいた。

なかなか、可愛らしいしぐさだ。

そうして三人の意見が一致したのをたしかめた岸田は、重々しい声で、龍夫に言った。

「もう一つ、お願いがあります。すでにごらんになったように、この二人には特別な力があります。しかしながら、そんなことが世に知られるのは、けっして彼らのためにならない。どうでしょう、私の学生を守るために、今回のことは、いっさい他言無用ということにしていただけないでしょうか」

「お望みのままにしましょう。こちらとしても、願ったりのことです」

龍夫は即答した。

「ずいぶん落ちぶれてしまったとはいえ、雨宮は古い家です。そこに由来する人形が怪異を起こして、二人も入院者を出したというのでは、先祖の名に泥《どろ》を塗るというもの」

「あたしからもお願いします。あの人形を封印して、今回のいくつかの事故はすべて偶然だったということにしてください」

口添えした由利子が、手をついて、頭を下げた。

岸田も、黙って一礼する。

あとに訪れたのは、味わい深い沈黙。

午後の陽光は、いつしか夕日のそれに変わっていた。

淡い、おだやかな光のなか、一同は心地好《よ》い静寂にひたっていたのである。

7

さわやかな朝であった。

心づくしの朝食をごちそうになった岸田教授と智佳、桜守兄弟は、雨宮父子の見送りを受けて、2CVに乗り込む。

シトローエンの軽自動車で、はるばる東京に帰るのだから、なかなかの長旅になるだろうが、これも教授の趣味とあっては、いたしかたない。

それなりに楽しんでいこうと、意気込んで後部座席に乗り込んできた光也に、教授が釘を刺す。

「さて、今は学期中だね。にもかかわらず、信州までやってきたということは、講義をさぼったわけだな」

「あ、いや、その、これはやむにやまれぬ事態というか、フカコーリョクで……」

「フカコーリョク？　ああ、不可抗力か。下手な言いわけだ。帰ったら、休んだ講義のノートを友人から借りて、レポートを提出するように」

「はい？　え、え、でも、オレが休んだのは、法学とか、公共福祉論で、先生の専攻とは、まったく別の科目ですけど」

「ふん」

光也の抗弁を、岸田は、鼻の先でせせら笑った。

「君が学んでいる程度のことを、私が知らないと思うほうがおかしい。この万能の碩学《せきがく》である私が！」

凄いことをきっぱりと告げたのちに、教授が言い渡した。

「私とて鬼ではない。時間をあげよう。五日後には、耳をそろえてレポートを出してもらおうか」

岸田は、借金取りのようなせりふを述べた。もう、とりつくしまがない。案外、教育者なのであった。

そこに、音也が尋ねる。

「先生、ぼくもレポートを書くのでしょうか」

「君はいい。放っておいても、自習して取り戻すだろう」

どうやら、わずかな時間に双子の性格を把握しているらしい。なかなかの洞察力である。

けれども、光也にしてみれば、たまったものではなく、「差別待遇だぁっ」と叫んだ。

そのおかしさに、助手席の智佳は、くすくすと笑いかけ——ふいに凍りついた。

何か、いやな感じがする。

自然に、視線がサイドミラーに向かう。

すでに封じ込められたせいか、妖しい気配に、光也はもちろん、音也も気づいていないようだ。

駄目よ、智佳。

見てはいけない。

見たら、きっと……一生、後悔する。

そう考えているのに、両眼が、まるで別の生き物になったかのように、サイドミラーに吸いつけられていく。

鏡に映っているのは、雨宮家の土蔵だった。

厳重に封印され、眼に見えぬ邪防水の障壁に囲まれた、あの土蔵だ。

その、封じられた生き人形が収められている二階の窓を、あやつられているがごとくに見つめてしまう。

窓は開いていた。

筐に収められ、封印された人形を運び込んだときに、扉はもちろん、窓にも、いくつも錠をかけたはずなのに――。

しかも、それは、内側から開けられていたのである。

そんなことはあり得ない。

誰も、土蔵の二階にはいないのだ。

智佳が混乱しきった瞬間のことだった。

土蔵の中から手が――遠目でも、華奢《きゃしゃ》で美しいものとわかる手が伸びて、宙をかきむしったものの、電流に触れてはじかれたかのように、引っ込められる。

何度か、そのしぐさを繰り返していたが、どうしても出られないとさとったものか、すさまじい勢いで窓を閉ざす。

まさに、見てはならないものを見てしまった。

生き人形は、土蔵に押し込められながら、その限られた王国では、なお気ままに振る舞っているらしい。

(イヤァアーッッ!)

智佳は悲鳴をあげたが、声にならなかった。

折から、岸田が2CVのエンジンをかけたこともあって、彼女が洩らした恐怖の吐息もそれにまぎれてしまったのである。

※この作品はフィクションです。実在の人物・団体・事件などにはいっさい関係ありません。

集英社オレンジ文庫をお買い上げいただき、ありがとうございます。
ご意見・ご感想をお待ちしております。

●あて先
〒101-8050　東京都千代田区一ツ橋2-5-10
集英社オレンジ文庫編集部 気付
赤城　毅先生

桜守兄弟封印ノート
～あやかし筋の双子《ジェミニ》～

集英社
オレンジ文庫

2015年10月25日　第1刷発行

著　者　赤城　毅
発行者　鈴木晴彦
発行所　株式会社集英社
〒101-8050東京都千代田区一ツ橋2-5-10
電話【編集部】03-3230-6352
【読者係】03-3230-6080
【販売部】03-3230-6393（書店専用）
印刷所　株式会社美松堂／中央精版印刷株式会社

※定価はカバーに表示してあります

ISBN 978-4-08-680045-7 C0193